夫へのラブレター

中武千佐子エッセイ集

Love letter to husband

鉱脈社

目次

中武千佐子エッセイ集　夫へのラブレター

第一章　おい、ウグイスが鳴きよるぞ　9

第二章　真っ青な空の下を歩けて――73

第三章　われは昔のわれならず――141

第四章 よかったね、百点満点だよ

装幀　榊　あずさ

夫へのラブレター

第一章

おい、ウグイスが鳴きよるぞ

初鳴き

「梅のこえだで　うぐいすは　春が来たよと　うたいます……」（原詞カタカナ）と始まる歌があるが、我が家の梅の小枝に来るのは、ウグイスではなく、メジロのつがいだ。

そんなある日、西都の畑から帰って来た夫が、

「今日は、ウグイスの初鳴きを聞いたぞ」と言った。さらに、

「でも、まだホウホケキョじゃないわ」

我が家の小さな梅の木ではなく、実家に古くからある幹回り六十センチほどの梅の木の近くで聞けたらしい。

数日後、私は祖母の命日に合わせて、西都の実家に夫と出かけた。夫は、梅の

木の近くで、猿害対策の一つとしてハウスの周辺に張り巡らすネットを広げている。私はそれを横目で見ながら、梅の枝が覆いかぶさっている下にある倉庫の中で、お墓に行くための準備をしていた。

するど、夫が、

「おい、ウグイスが鳴きよるぞ」

と声を掛けてきた。私は、倉庫を出てすぐのところにある梅の木の枝を見上げた。しかし枝と枝の間から見えるのは、その上にある椿の葉や赤い花、かすかにチラチラと輝く青い空だけだった。

私は、梅の花の下でそのまま暫く上の方に目を凝らし、耳を澄ました。しかし、それらしき鳴き声は聞こえない。木々の間に動くものが見えるたびに、ウグイスではないかと首を左右に回して見るのだが、すぐに、別の木の葉が揺らいでいたのを見間違えたのに気づいた。

我が家でメジロが飛び交い、庭先の山茶花の枝の二股のところに夫が用意した小屋に入り、餌を食べる時も、しっかり目を開かないと家の南側の窓から、その姿は見えない。まして、実家のように木々が多いと葉の緑と溶け合って駄目だ。音や動きで、ウグイスが逃げてはならないと、固まったかのように動かない私を見て、

「ウグイスは姿を見つけにくいからね」

夫が慰めるようにひとこと。

と、その時、

「ホ〜ウ、チュル」

それらしき鳴き声がした。

「あ、鳴いた、あれだよね」

と小声で言うと、

「そうそう」

また暫くすると「ホウホケキョ」には程遠いが、それらしき鳴き声がした。暫

くはその場を離れずに幼い声を待ち続けた。

確かに一歩ずつ春が近づいている。

二月十七日、宮崎地方気象台の観測で「ウグイスの初鳴きを確認」というニュースが流れた。私は一足先の二月十三日に、初鳴きを聞いたことになり、春を感じたのだ。

今度は我が家の庭で、「梅のこえだでうぐいすは……」と一緒に歌いたいものだ。

予約取れず

五月の第二日曜日は、世にいう「母の日」だ。ここ数年、娘は「一緒に食事をしよう」と誘ってくれる。でも今年は、二人の日程の都合がつかずにいた。私には、肉を食べると元気になる、という思い込みがある。娘はそれを知っているので、今年は、私が普段食べられないような高価な、そして上質の肉をプレゼントしてくれた。

しかし、やはり食事を一緒にという提案があったので、我が家から割と近くて、私のお気に入りのレストランを予約することにした。

ところが店主に、予約しようとした日から一週間ないし十日ほど休業する、と言われてしまった。夫婦二人で営業している店なのだが、以前にも、「県外で孫が生まれるので、暫く休みます」と断られたことがあった。今回の理由はなんだろうと思ったが、そこまでは聞かなかった。

食事会の期日は延期しないで、店を変更した。予約の時刻に行くと、一つの部屋に八テーブルほどの席があり、既に四グループが席に着いていた。見回すと、男性は一名、あとは中年以上の女性で、賑やかだった。

娘は、外の景色が見える席を私に勧めた。メニューを決める。それぞれ別メニューにして一緒に食べようという魂胆だ。料理が来るまでの間、準備されたお茶を飲みながら、最近の孫の様子や、私の趣味の話など、とりとめもなく話していた。お茶は熱いのだが、部屋にはクーラーがかけてあって、見ると風が私を直撃している。「席を替わって」と娘に言って、私は、店の入り口から来る人達が見える席へ移動した。

私の注文した「旬の風」という膳がテーブルに置かれた。彩りも良く、おいしそうだ。娘はケータイのカメラでパチリ。娘が頼んだ「炙りさば寿司」も並び

「いただきまあす」。

だいぶ食べたが、膳の上にはまだ茶碗蒸しや酢のものも乗っている。茶碗蒸しは半分ずつ。お互いに、「これ食べてもいいよ」と言いながら食事が進む。

ふと顔を上げると、今まさに店の入り口から部屋に上がろうとしている二人連れが目に留まった。男性一人と女性二人、先頭で入ってきた男性の横顔を見て思わず「えーっ」と思った次の瞬間、目が合った。「今井君だよねえ」と声が出た。するとと目を丸くして「えー、中武先生ですね」。そしてお互いに、「お久しぶり、何年ぶりですかねえ」と。

私は立ち上がった。すると同行者を指して「母です。ほら中武先生」

「あら、まあ」

「何十年ぶりでしょう」

と驚きの言葉が続く。もう一人の女性は彼の奥さんだった。

今井道晃君、彼が小学六年生（十二歳）の時の担任が私だった。今は男子児童を呼ぶときにも「○○さん」というのが定番のようだ。私が勤務していた四十年以上昔は、男子には「君」、女子には「さん」を付けるのが一般的だったと思う。私はつい昔の呼び方そのままで、現在五十五歳となっている彼に「今井君」と呼びかけたのだ。家族三人は近くの席に着き、改めて挨拶をしたり、紹介し合ったりした。

今井君と出会ったのは、昭和五十年度、国富町立本庄小学校。私が教師となって十二年目のことである。私は前年まで北諸県郡（現在は都城市）の中郷中学校で体育担当教師だった。大学卒業以来、中、小、中学校と三校に勤め、四校目が本庄小となった。六年一組、男子十五名、女子十八名のクラスが任された。

六年生の担任は初めてのことで、もちろん不安もあった。

昼休みともなると、私は、子どもたちと一緒に遊んだ。バスケットをしたり、サッカーをしたり……。その後、中学校へ進んだ男子は、一人を除いて全員が、バスケットボール部へ入ったというのも有名な話だ。

卒業後二回ほど同窓会に呼ばれ、また、私の自宅にも集まって、と交流の多いクラスだった。年賀状で繋がっている人も数名いる。だから娘も名前を覚えていたのだ。ただここ数十年会っていなかった。

私達の食事は終わったが、彼等は食事前である。話はしたいが食事の邪魔はできない。「先生、また集まりましょう」、と言ってくれた言葉を有難く受け止めて、別れた。

私が予定していたレストランが休みで、別の場所に来たからこそ、母の日の食事だけでなく数十年ぶりの懐かしい再会があった。

「お母さん、良かったね」

帰りの車内に、娘の言葉が明るく響いた。

変なコトバ

「これ食べる?」

「大丈夫です」

これは最近のテレビ番組の中で、タレント同士が交わしていたものである。その場の状況から「大丈夫です」を言い換えると「いいえ、私は結構です。どうぞ食べてください」とでもなるのだろうか。

「大丈夫です」「大丈夫でしょうか」

これらの言葉は、頻繁に耳にする。

大丈夫という言葉のもともとの意味は、横綱のような体を持ち、精神もしっかりしている立派な男子のことである。しかし、いま世の中で使われているのは、そういう限定されたものではない。

「大丈夫」が安全という意味で使われることはある。私の家の電気釜が蓋を開けた時に沢山の蒸気が冷めて水滴となり、炊き立てのご飯の上に落ちるようになった。買い替えるとき、店の人にその話をしたら、「この釜は大丈夫です」と言われたのだ。

今、私が「大丈夫ですか」と聞きたい最大のことは、「日本は大丈夫なのか」ということだ。北朝鮮とアメリカの間の様々な挑発、警告の応酬を見たり聞いたりすると、この言葉が出てくる。

もう一つ、変な言葉だと私が気になるのは、「こちら〇〇になります」である。他の可能性が考えられるときは、この使用法もあり得るものの、スーパーのレジで「こちらレシートになります」と言って手渡されると違和感を持つ。「レシートです」で十分だ。

さらに変なのは食堂などで頼んだものをテーブルに置く時、「こちら、きつねうどんになります」と言われることだ。すると、意地悪く「じゃあ今はなんなんですか、たぬきうどんですか」と言いたくなるのだ。「……になる」というのは、AからBに変わる時に使う言葉ではないのだろうか。

これは変な言葉ではないが、言い回しがおかしいと言われたのが「ら抜き言葉」だ。テレビの街角のインタビューで、答えた人が、「ら抜き」だと下のテロップにわざわざ「ら」を入れて表示されていた。が、今は一般化されたのか「ら抜き」のまま、まかり通っている。

今までにも変な言葉として取り上げられるものは多くあった。そしてそれらが年末、流行語大賞というものに選ばれることさえあった。

「言葉は生きものだ」というのもよく言われる。初めは変な言葉だと思われていたものが、世の中に広がっていくことによって、一般化してきて、『広辞苑』などの辞書に載せるまでになる。

このようにして、多くの言葉、言い回しがなされて会話が進んでいくのだろうか。ということは、「○○になります」を耳障りだという私の方が、付いていけていないということなのだろう。

楽し気な歌声

それは「青い山脈」の歌声で始まった。

緞帳があがると、男性を中心に両側に女性が立ち、その薄紫のドレスが目に入った。両サイド前列に対称的に三人ずつが椅子に掛けて歌っている。ひょっとして椅子の不要な人も、全体のバランスを考えて掛けていたりして……と失礼なことを思う。

私は二階席の、ステージに向かって右側に席を取った。

「父も夢見た　母も見た　旅路の果ての……」と歌声が響いた。総勢七十名にもなろうかという「レインボーコーラスみやざき」の十五周年記念演奏会の幕開けだ。

二曲目からも会場の人達がよく知っていると思われる歌が流れた。リズミカルなもの、しっとりしたもの、緩急混ぜての心憎いほどの選曲だった。

次のステージは、賛助出演アコーディオン奏者の、いわつなつこさんの演奏。最初の、「ミュゼットの女王」と最後の「ラ・クンパルシータ」の二曲は、特に聞かせるものだった。

歯切れのよい音が続き、暫くするとレガートな部分がうっとりするほどの響きで耳に入ってきた。膝の上に楽器を寝せるようにして置き、左手は蛇腹を開閉しながら和音を奏でたり、旋律を追ったりしている。鍵盤上の右手の指が素早く動いていて驚かされた。

二十年以上昔、児童に合奏をさせる時に手本を見せねばならず、悩んだことがチラッと頭をよぎった。そしていよいよ最後の曲へ。

私はタンゴが好きだ。「ラ・クンパルシータ」の時は、演奏のバックにダンサーがいればもっと素敵だったろうと思った。私は大学生の頃、ダンスホールに通い、ワルツの次にタンゴの曲がかかると、雰囲気をガラッと変え、肩と上体を後ろに反らし、左手を男性の右脇下にしっかりはめ込んで踊ったものだ。遠い昔がよみがえった。

「あの日あのころ」のタイトルでのステージでは、先ず女性の衣装が気にいった。指揮者もドレスではなくパンツスーツで颯爽と登場して来た。その後ろ姿を見ながら、私達のグループの指揮者でもあるので、その時と同じように歌詞を歌い、色々な表情をしながら誘導されているのだろうと、想像した。

「学生時代」が始まったが、これまたステージ上の人達と同じ世代の者として懐かしく、色々な思い出が頭をよぎった。高校時代に憧れていたあの人は、今どうしているのかなあなどと感慨にふけった。

そして、男性が登場する。曲は、「高校三年生」。司会者が「どんな衣装で登場でしょうか」と言った途端、私は、詰襟の学生服だろうと想像したら、まさにそのとおり。舟木一夫のような体型の人はゼロに近かったが、顔がほころび、会場には手拍子が起こった。それにしてもどこから借りてきた学生服？　孫のもの？　ともかく、はち切れてほころびなきゃいいがと、いらぬ心配もする。でも楽しかった。

休憩をはさんで次の賛助出演は、「キッズ・ハーモニー」だった。ここには三歳の子どもがいる。ステージ上の立ち位置にいて小道具の花は持っているものの、左右に動かすことをまったくといっていいほどしない。歌っていたかどうかまでは、私のところから見えなかった。それでも可愛い。

ＮＨＫの教育テレビで夕方、一般募集した子供たちと体操のお兄さん、お姉さんと以前呼ばれていたような人が出て来て、身体を色々動かす番組がある。そこに出ている子供たちの中にも、部屋の隅に行きしゃがみ込んで、我関せずの子がいるかと思うと、上手に曲に合わせて動く子もいる。周囲が走り回っているのにじーっと腹這っていたりすると、その子の親は、申し込んでせっかく出演できたのにと、イライラするだろう。なんて笑いながら思ったりする。

キッズの女の子も後で指揮者から、「午前中（リハーサル）はちゃんとやれてたんですよ。眠い時間らしくて……」と一言弁解があつた。確かにステージ上であくびをしているのが見えて、隣の席の奥さんとくすっと笑い合い、「でも可愛いですよね」と声を掛けあったのだった。

「今、歌えるよろこび」のコーナーがきた。ブルーのドレスの女性が一人前に進み出て、「思い出のスカイライン」を歌う前にえびの高原のことや、道路の開通、それに伴う宮崎交通のバスのことを話し始めた。あ、この人は昔、いや、元宮崎交通のバスガイドだった人だと思い当たった。

「平和という果実」は、私達が「全日本おかあさんコーラス九州大会」で、心を込めて歌ったばっかりの曲だった。手話を入れた場面に来ると、自然に手が動き、口ずさんでいた。私は、この曲をまた歌う機会が来ることを願っている。

次が一番身近な歌に思える、「元気なわたしたち」だった。初めて聞く曲ではない。

「知ってるはずの人の名前が出てこない、夜中に突然足がつる……」と始まる。そのあとあちこち歌詞が聞こえて来て、自分にも当てはまるので笑ってしまうのだ。笑っている場合じゃないんだけど。隣の席の奥さんは手を叩きながら笑っていた。

この曲の歌詞を全部正確に知りたいと、演奏会の翌日、スマホで検索して書き出しながら、何度苦笑いしたことか。「これが合唱曲になってるのよ」と言いながら夫にも読んで聞かせた。

すると、「あ、これ聞いたことあるわ、金婚式の時に大きな焼酎の瓶を抱えて歌ってて、どこにこんな瓶があるっちゃろって思ったとよね」と言う。呑兵衛は、焼酎で記憶に残ったとみえる。そうなのだ。金婚式に参加した時に「レインボーコーラス」の皆さんが会場で歌って祝ってくれたのだ。

そして終曲「わが人生に悔いなし」ときた。この構成、出来過ぎだわあと思わず口にしてしまった。しかも演奏会があったのがこれを歌った石原裕次郎の命日の前日とは……。参りました。

グループの中の最高齢者九十三歳の女性がマイクを持ち、「九十三年間のうちで今日が一番幸せです」と言われ、会場からは拍手、私はいろいろ想像して涙ぐんでしまった。

「こういう歌をこういう構成で歌っている皆さん、ここまで来るのは大変だったでしょう。しかし、聴かせてもらった私は、幸せでした」。私は、口にこそ出さなかったが、感謝だった。

私も歌いたい。あの齢になるまで好きな歌を。しかし、これは無理な望みのようだ。

フィナーレは、百五歳の日野原重明作詞、新実徳英作曲の「未来」と「この街で」どちらの曲も心に響いた。

今回の演奏会は、会場でたっぷり聞くことが出来て満足だった。私は、レインボーコーラスの皆さんの、益々の活躍を期待しながらホールを後にした。

※

日野原重明さんが亡くなられたのは、演奏会の翌日だった。

迷子体験

先月の初めごろ、数十年ぶりに県立宮崎病院に行った。この間、入院者を見舞いに行くことはあっても、自身の診察でというのはなかったのだ。正面玄関から入ってみると、受付のところのロールカーテンがまだ降りている。私はどこに行けばいいのだろうと一瞬迷った。

右側に「再来受付」の表示があった。その下に、モニター画面があり、カードを入れるような機械が四台、目に留まった。この機械が、再来機という名前であることはあとで知った。そこには案内係とおぼしき女性が立っていたので歩み寄り、手順を聞くことにした。

私は、診察券を握りしめて、

「数十年ぶりでどうすればいいか全く分からないのですが……」と話しかけた。すると、黄色い四角の番号札を渡されて、受付の前で待つように言われた。

三十分ほども待っただろうか、番号を呼ばれて、診察券を出した。ここでもまた、「数十年ぶりなので診察券が違うのでは……」と語りかけると、それを見た女性は、紹介状の有無を訪ねた後、微笑んで「作り直しますね」と言って私の古い診察券を手に取った。

手続きが終わるといよいよ私が診察を受ける「歯科・口腔外科」の受付だ。二階だというのは分かったのだが、さてどこから上がるのだろう。階段でいいんだけどなあと思いながら、足は近くのエレベーターの方へ向かっていた。

しかし、廊下を半分も行かないうちに、違う、こっちは入院患者の病棟だ。診察はどこでやっているのだろうと、またまた立ち止まってしまった。私は、数十年前にどんな病気で県病院を訪れたのかも、きれいさっぱり忘れていた。そのうち、壁に「診察室は低層棟の二階」という案内を見つけた。これってどこだろう。見廻すと、中庭らしき向こうに三階までの建物が見えた。ああ、あそこか。近くの階段を上がると、○○科、○○科の白い標示が目に飛び込んできた。でも見える限りのところに目的の科はない。それぞれの科の前には四人掛けほどの椅子が幾つかあり、既に腰を下ろしている人たちがいた。時間がもったいない。仕方なく、通りがかりの近くの科の受付で聞いてみると、反対側の一番端の方だとようやく分かった。

椅子に掛け、五、六分待った後、名前を呼ばれて診察室に入り、改めて問診を受け、再び外で待つように言われた。さらに十分ほどして、紺の上下の制服を着た若い医師らしき人が出て来て、「その階段を下りて、レントゲンを撮ってきてください」と言ってファイルを渡された。その階段は先ほど私が上がって来たところと違う。あ、この階段を使えばよかったんだなと下りていく。

レントゲン室は、入院患者棟へ向かう通路沿いだった。扉に番号の書かれたポスト風なものがあり、そこにファイルを入れて椅子に掛けた。部屋ごとにポストがあり、扉の上部には「使用中」と赤い文字が見えた。私より後から来た人たちがそれぞれのポストに自分のファイルを投げ込む。

それらの人の中では私が一番早かったのに、呼び出されるのは入れた順ではないらしく、後から来た人が次々に呼ばれて入っていく。私は、ちゃんと入っているよねと、立ち上がりポストを覗いた。見える所に引っかかってはいない。大丈夫だ。

十分後ぐらいにドアが開き、ようやく検査となった。技師は男性だった。顎のレントゲンは今まで撮ったことがなかった。固定するためか、両側の耳孔に棒を入れての撮影だった。

終了すると、再び診察室に戻るように指示された。いよいよそれを見ながらの診察になるようだ。どのような診断が下されるのだろう。私は、診察前にトイレを済ませておこうと階段を上がり、トイレ表示を探して済ませた。ところがそこを出ると歯科の表示がない。

あれ、さっきこっちから来たのにと辺りを見回す。周りには椅子に掛けた人達がたくさんいる。みんなが私のことを怪訝な面持ちで見ているような気がしてくる。そこらあたりをグルグル回ってやっと診察室に戻れた。私はもともと方向音痴だから、トイレに入るときも、どっちから来たか、出たら右に行くのか左かをしっかり指差し確認でもしなきゃならないみたいだ。

私がてきぱきと動けなくて無駄な時間を費やしたせいもあり、料金を払い、薬の処方箋を発行してもらって外に出ると、相当の時間が経っている。暑い日差しが容赦なく照り付け、駐車していた車の中は凄く暑くなっていた。

病名、症状が深刻でなかったのは幸いだったが、院内で迷子になった私は、自分が情けなかった。色々な案内板や表示をしっかり見ていなかったことを思い知らされた。

ミニミニボランティア

「来たよ」と言う夫の声が聞こえた。時計を見ると午前七時十分だ。パジャマを脱いで着替えていた私は、急いで玄関のドアを開ける。そこにはピンクのランドセルを背負い、赤白帽と呼ばれる運動帽をかぶった女の子が立っていた。

名前はつづみちゃん。我が家の前の道路を挟んで向かいの子どもで、小学二年生だ。玄関の靴脱ぎの所に座布団を二つに折ったものを置き、「ここに腰かけていいよ」と言い、ランドセルを下ろさせる。

つづみちゃんとは、彼女が幼稚園の年長時代から繋がっている。「な・か・た・け・さあん」と呼びかけて来て、交流が始まった。活発で、よく話す女の子だ。

両親は中学校の先生。いわゆる共働きである。ただ付き合い始めた頃、母親は、つづみちゃんの弟の育児休暇中であった。つづみちゃんが一年生となり、母親も復職すると、朝七時に祖父母が来て、一緒に慌ただしいひと時を過ごしていたようだ。

小学校に入学して、初めての家庭訪問が済んだと思われる日、つづみちゃんがやって来て、「中武さん、佐野和子先生って知ってる？　私の受け持ちの先生だよ」というではないか。「えーほんと！」

佐野先生は、彼女が新卒で赴任して来た学校で一緒に勤め、同学年を担当した人だ。今は、その時の職場の同僚と結婚して、大学生の子供もいるということを聞いていた。そしてつづみちゃんが二年生になると、佐野先生は転勤となった。

ある朝、出勤前のお母さんが来られ、「すみませんが、同行する二人が来るまで中武さんとこで待たせていただけませんか。新潟での話をしたら怖がって……」と言われた。

新潟県で小学二年生の女子児童、大桃珠生ちゃんが、下校途中行方不明となったというニュースが流れた。その日の朝の通学途中、黒い服を着たサングフスのおじさんに追いかけられた、という話をしていたことも知った。そして、午後三時下校。友人と別れたあと、踏切付近を一人で歩く姿を見た、という目撃証言もあった。その後、JRの線路上で電車に轢かれ、死亡しているのが発見されたのだ。捜査が進み、一週間後犯人は逮捕された。でも珠生ちゃんは帰ってこない。

このニュースは、同じ年頃の子どもたちを持つ親にとってはもちろん、周囲の全ての人が悲しみ、怒りをぶつける所のない想いを持ち、苛立ったことだろう。私もその一人だ。

つづみちゃんのところでも、この話を基に登下校のことが話題になったという。つづみちゃんは今、三、二、一年生の三人の女の子で集団登校の中の一人だが、最後に加わるのがつづみちゃんだ。彼女は母親が弟を連れて出勤した後は、家の前で待つことになる。

「いいですよ」とその日から早めにアコーディオン門扉を開けて待つことにな

ったのだ。

ランドセルを下ろしたつづみちゃんとの会話が弾む。一番好きな教科は？　今日は何時間授業？　と私から尋ねたり、「今日ね、町の探検学習があるよ」「鑑賞教室があるんだ」「朝の読書でねえ」などと彼女からも話しかけたりしてくる。私が勤めていた頃と同じだなあと思ったり、ああ、今はそうなんだと違いを知らされたりしている。

ある朝、ランドセルを下ろす手助けをしていたが、あまりに重かったので、ちょっと貸してね、と体重計の上に乗せてみた。ランドセル自体も立派で重いが、この時季折り畳み傘を入れたり、水筒が入ったりと、五キロ近くもあった。つづみちゃんは、どちらかというとほっそりした子供なので、背中にずっしり、重いだろうなあと思った。

金曜日の夜になると、「あ、明日は土曜日で、つづみちゃん来ないんだね」「そうか休みか」という会話が夫との間にある。ちょっと寂しいのだ。これまでの私は、出かけない曜日は着替えも遅く、パジャマのまま過ごしていたが、月曜日から金曜日は身支度を早く整えて、つづみちゃんを迎えるようになった。

近所には、以前から児童の登下校を見守るボランティアの人達がいる。大と私は家にいて、曾孫のようなつづみちゃんに元気をもらい、毎朝楽しみに迎えている。

最近の私

最近、新聞、テレビなどで気になって仕方がないのが「認知症」の文字だ。予防のための○○、介護するには△△などなど。それに付随する言葉は多岐にわたっている。

私が、物忘れの多いことに気付き、えー？　こんなはずじゃなかったという思いを持ち始めて久しい。二階に上がってから、あら、私、何しに来たんだったかなあと、下りて思い出し、再び上がるうちはまだよかった。思い出せずに別なことをしていて、はっと思い当たる。「思い出そうと考えることがいいんだってよ」という友人の言葉もあった。

人名が出てこない。これまた珍しくなくなった。「私、あの人の作品が好きなのよ」

「あの人って誰？」「ほら、えーと」

顔は浮かび、その名前が喉元まで出かかっているのに出ない。その話はそこまでで終わる。別な会話の途中に突然、あ、向田邦子だと浮かんでくるのだ。思い出したいことがすっと出てこないのは気持ちが悪い。落ち着かない。腹立たしい。周囲の人に笑われる。と多くのマイナス面がある。

行動面でも、自分で苦笑いしてしまうようなことをやっている。例えば急須に蓋をしようとして、薬缶の中に落としたり、ご飯茶碗に味噌汁を注ごうとしたり。たまには夫に見つかり、「なんしよっとか」と笑われてしまう。

先日は、朝、ご先祖様にご飯とお茶を上げるのにお茶を汁がず、空の容器を供えてしまったらしく、翌日の朝、洗う時に何も入っていないのに気づいた。「あ、全部飲んでくれたのね」などと言ってごまかしたが、情けなかった。

一方、体力の面でも衰えを感じている。しゃがむ、立つ、が今までのようにさっとできない。「よいしょ」だの「どっこいしょ」と掛け声が無意識のうちに口から出ている。

昨年末に実家で餅つきをして以来、なぜか一段と衰えを実感している。さらに、握力、指先の力が弱くなった。瓶のふたを開ける時、ペットボトルキャップを回すとき、飴の入った袋を矢印の所から開ける時等、えー、こんなに開けにくかったかなあと思ってしまうのだ。こうなると今後のことがいろいろ不安になってくる。

不安と言えば、最近読んだ五木寛之著『不安の力』が頭によみがえってくる。その前に読んだ『運命の足音』に、人生は選択と決断の連続だということが書かれていた。目覚ましが鳴って起きるか、もう暫く寝るかに始まり、その日に着る洋服選び、移動方法、昼食のレストランを決める時などなど。全てが選択をして決定することが必要になる。そして、選択するとき、決定するときにも不安が関わってくるのだ。

『不安の力』では一般的な不安ではなく、〈若さが失われていくことへの不安〉という一章があった。その中に、

「日本の社会全体でいま、〈若さ〉というものに価値があると考えられている。そのため、すべての人びとのあいだに、若さにとどまりたいと願う気持ちがある。そして老化を恐れ、不安に思う。〈若さを失っていくことに対する大きな不安が生まれ、若さを維持する方向へと世の中が向かっていく〉」

という部分があった。そして著者は、若さを失っていくと考えずに、エイジングであり、年輪を重ねることだと考えたらいい、年輪を重ねていくことは、プラスだと考えるのだと述べている。理屈では分かるのだが……。

さらに著者は、肉体的な衰えと反比例して、精神的な内面は充実していくのだと考えたいとも述べる。自分に置き換えてみて、どのような過ごし方をしていくことがここに繋がるのだろうと悩む。

最近テレビで認知症予防の一つとして、歌を歌うことがあがっていた。いわゆ

る音楽療法だ。私は、コーラスグループの一員だ。確かに、旋律、リズム、歌詞など考えて暗譜するということは容易ではない。しかし、仲間と集まって歌うことは、脳の活性化には役立っていると思う。イヤそう思いたい。

放映当日がたまたまコーラスの練習日だったこともあり、指揮者が、わが意を得たりと言わんばかりに、「○○さん、コーラスを辞めようなんて考えたらだめよ。家にぼーっとしてたら認知症になるんだから。出てきなさいよ」と言われた。

最近の私は、マイナス思考に陥りやすくなっている。が、気を取り直して「人間は〝生きている〟ただそれだけで値打ちがあると思うのです」という五木寛之さんのメッセージを心に留めて過ごしていこう。

白内障

その日が来た。

始まりは健康診断の眼科検診からだった。私も気になっていることがあったから、夫と共に受診した。結果、私はまだ余裕があったが、以前から白内障気味と言われていた夫は「手術した方がいいでしょう」と診断をくだされたのだ。

手術の五日前に事前説明があった。その際「入院しますか」と聞かれた夫は、「いえ、通院でお願いします」と即答した。私が周りの友人達で、手術した人のことを話していたからでもあるが、夫の性格からして、何もせず病院で過ごすのは耐えられないと思ったのだろう。

さらに資料をもとに説明は続いた。A３の用紙二枚からなるもので「白内障の手術を受けられる患者様へ」というタイトルがついている。そして上部には経過、診察、点眼、内服、その他という項目名が書かれ、術前五日からの予定、留意事項などが書いてある。一覧表にすると次のようなものになる。

白内障手術を受けられる患者様へ

右眼	9／20	9／25(月)　12：45　来院
経過		手術当日（術前）
診察		診察
点眼	抗生剤の点眼を処方します 手術3日前から開始します 9／22(金)～　両眼1日4回	自宅で点眼してからお越しください
内服	手術当日に内服する抗生剤を処方します 9／25(月)	抗生剤内服　昼食後 手持ち薬は普段通り服用してください

その他
制限なし
・手術準備の関係上、外来手術の方は皆さん同じ時間に来院して頂きます ・手術の順番によって手術室へご案内する時間が違います ・食事は11時までにとりましょう ・水分の制限はありませんが、必要最小限にしましょう ・手術室では心電図・血圧計をつけます 首周り・袖のゆったりした服を着ましょう 上着は前開きの服（シャツ等）が好ましいです ・化粧・マニキュア・口紅・コンタクトは取ってからお越しください ・手術室に入る前に外せる物は全て外して入りましょう （眼鏡、時計、ネックレス、ピアス、ヘアピン、指輪、入れ歯、ストッキング等） 補聴器はつけてください

この他に術後一週間の予定があり、洗顔×、ひげそり×（電動のみ○）、飲酒×、

車の運転×などもあった。さらに「付き添いの方とご一緒に」というのも三回ほどあった。手術の日はもちろん付き添い付きだった。

私が驚いたのは、目の手術なのに食事時間や水分の取り方まで書かれていることだった。

手術当日、受付を済ませると早速次々に検査が行われ、瞳孔を開く薬、麻酔薬などが点眼された。次に、「二人でＤＶＤを見てください」と部屋に案内された。そこには二台のモニターがあり、スイッチを入れると看護師は部屋を出ていった。白内障とは、水晶体が濁ることによって視界がぼやけ、二重三重に見えたりするものだ。白内障は誰にでも起こり得る老化現象の一つだということだ。

その手術とは、角膜の表面を切開して、濁った水晶体を砕いて吸い取り、人工の眼内レンズに入れ替えるというのだ。ただ、水晶体の外側の袋が破れたり、横の腱が切れたりすることもありうる。その時はそれで、きちんと処置をしますと、説明は続いた。

簡単に考えていた私は、だんだん怖くなってきた。失明も考えられます、という言葉もあった。そんなこと言われたら、今周りが少しぐらい霞んで見えても、リスクの大きい手術はやめたら……と思えてきた。が、意を決して来ている夫には言えなかった。

ＤＶＤでの説明が済むと、手術室のある四階に案内され、「家族の方はこちらでお待ちください」と近くの椅子を勧められた。夫と同年齢ぐらいの男性が脳梗塞の後遺症らしく右手を三角巾で吊り、車椅子に乗って夫と一緒に手術室に入った。私は反射的に柱にあった時計を見た。一時四十五分だ。スムーズにいけば一人十分から十五分で終わると、先生から聞いていた。

私は待ち時間に読もうと新書版を一冊携えてきていた。開いて読み始める。車椅子の人に付き添っていたのは息子さんだということが後で分かったが、その人はスマホを手に持っている。ゲームか、誰かとのラインでの会話だろうか。とにかく本が読める私は、心配もしないでただ時の流れを待った。

ところが一時間近く経っても、どちらも出てこない。ドアの向こうは見えないし、何も聞こえてこない。全く不明なのだ。私は、本を閉じて立ち上がった。まだなのか。その時扉が開き、看護師の姿が見えた。

「ちょっと時間がかかっています。もうしばらくお待ちください」

私達二人に掛けられた言葉のようである。そう言われれば待つしかない。どちらが先に手術しているのかも分からず、私は不安になってきた。事前のＤＶＤの説明を思い出し、想定外のことが起こり、長引いているのではないかと思ったのだ。

私は本をバッグにしまい、待合室の中を落ち着きなく歩いた。時計を見て、もう十五分ほど経ったのにとも思った。あまりあちこちすると、待っているもう一人の目障りになりそうだ。私は、ブラインドのある北側の窓辺に佇み、下の道路を行く車の流れを見たり、近くのマンションのベランダに掛かる洗濯物を見たりして、気を紛らわそうとしていた。

もうすぐ三時になろうとする頃、扉が開き、車椅子の人が出てきた。が、夫はまだだ。それから更に待つこと十五分、やっと出てきた夫は、右目にガーゼ、上からプラスティック製のカバーをしていた。

「時間がかかったねえ」と言いながら近づいて行った。夫は、前の人が一時間ぐらいかかり、自分は十分程度だったと言った。どれだけ心配したかと言いたかったが、やっと抑えた。

一階に降り、会計をすませ、帰りの車の中で前の人の様子を聞いた。医師の指示になかなか従わず、大きな声が響いていたという。夫は待っている間、一時間ほどベッドに横になったままだった。手術そのものは思ったより短くて、あ、もう終わりか、とほっとしたという。

帰り着くとどっと疲れを感じた。大げさだと思われるくらい、しつこく手術についての説明があったのは、もし何かあった場合、だからあの時、説明したでしょう、という逃げ道ではないかなどと、私はひがんだ思いでいっぱいになっていた。

しかし、私は気を取り直し、夫に「横向きに寝るときは、手術した眼を上にしましょう」という注意書きがあったことを伝えて、長い一日が終わった。

私もいずれ手術の必要が出てくると思われるが、夫の付き添いをしてさえ緊張した。今からその場面を想像すると、逃げ出したい気分になる。

怖い絵

台所での仕事が一段落して、私がテレビに何気なく目をやった時、「怖い絵」展というのが開かれているということで、その中の一枚の絵が画面にアップになった。

ドラローシュ描く「レディ・ジェーン・グレイの処刑」というものだった。宮殿の一間とおぼしき場所で、処刑が行われようとしている。白い衣装で目隠しをされた女性が、首を置く台のありかが分からず、手探りする様子が描かれ、その左側には死刑執行人が大きな斧を持って立つ。なんという怖い絵だろう。

この展覧会が開かれているのは、東京「上野の森美術館」だ。その前には兵庫県立美術館で開かれていたらしい。美術館の外には入場を待つ行列が出来ていた。

私は、直接行って見られないだろうけれど、もっと詳しく知りたいと思い、パソコンのネットで探して見た。その案内文は次のようなものだった。

上野の森美術館

十月七日〜十二月七日

入場料　一般　一六〇〇円

ドイツ文学者・中野京子氏が二〇〇七年に上梓した『怖い絵』は、「恐怖」をキーワードに西洋美術史に登場する様々な名画の場面を読み解き、隠されたストーリーを魅力的に伝える本としてベストセラーとなり、多方面で大きな反響をよんだ。

同書の第一巻が発行されてから一〇周年を記念して開催する本展は、シリーズで取り上げた作品を筆頭に、「恐怖」を主題とする傑作を選び出し、テーマごとに展示します。

視覚的に「怖さ」が伝わるものから歴史的背景やシチュエーションを知ることによってはじめて「怖さ」を感じるものまで、普段私達が美術に求める「美」にも匹敵する「恐怖」の魅力を、あますことなく紹介する今までにない展覧会です。


私は、書店で『怖い絵』を探した。一巻はなく、二、三巻があったので買い求めた。小説ではないので一巻から見る必要もない。

二巻の二番目に出て来ている作品が、ミレーの「晩鐘」だった。「えー、これも怖いの？　どこが？」と思いながら絵を見て読んでいく。そして読んでまた絵を見る。この繰り返しだ。その時に手元に拡大鏡を準備しておく。これを使わないと著者の意図が見えないことも多い。

原画は大きいだろうから、細部の色や形が分かるだろうが、文庫本の絵となると、あまりにも小さくて見えにくい。私はせめて画集が見たくなった。そうすれば少しは詳しく見ることが出来、説明も分かるのではないだろうか。
ミレーの描いた敬虔で宗教的な作品に怖さを覚えることがあるのだろうか。「晩鐘」の原題は「アンジェラスの鐘」という。この鐘の音は、時を告げるとともに祈りを促す。絵には両手を合わせた妻と、帽子を持つ夫が首を垂れて祈っている姿がある。しかし、著者の中野京子は、ダリの説を挙げてその恐怖を述べている。

ダリは、「晩鐘」の絵の女の足元に置かれた手籠を不自然と感じる。最初は籠ではなく、小さな――おそらく彼らの子どもを入れた――棺を描いたのではないか。つまりこれは一日の終わりを感謝する祈りではなく、亡き子を土に埋めた後、母は祈り、父は泣いている情景だった。ところが誰かに忠告されたか、ミレー本人の気が変わったかして、最終的にこのような形に変更したのではないか、というのだ。

ただ、私は、今迄にミレーの「晩鐘」といえば有名なあの絵、くらいの知識しかなかったので解釈不能なことが多く、そうなのかなあと疑問も残るものであった。

そして、書店で再び一巻を見つけて楽しみながら、肯定したり、反発したりしながら今、『怖い絵』にはまっている。

椎葉村

地区公民館で月一回開かれるイベントで、私が楽しみにしているものがある。それは、「想い出の昭和歌謡！」という。曲の殆どは、レコードをかけてもらって聞く。そして、その曲の歌われた年代が示され、その年に世界や日本、そして宮崎県での出来事が紹介される。と同時に、その年の週刊誌などが回覧される。

その日は、越路吹雪の「ラストダンスは私に」を聞く時に、昭和三十六年の八月四日号、「週刊朝日」が回覧された。価格は四十円。

傷めないように、そおっと表紙をめくると、「わたしの風景」という、山下清の絵「ゴッホの兄弟の墓」が紹介されていて、「パリ・オーベル」にてとある。山下清はその墓を見て、「小さくて粗末だった。二見ケ浦の岩が二つ並んでいるのに似ている」と書いている。

次のページには「池田勇人総理大臣、第二次改造内閣発足後、初の記者会見」とあり、笑顔の写真が掲載されていた。

さらに、昭和十一年以来二十五年ぶりの訪日だった喜劇王チャップリンが、「日本の繁栄は素晴らしい。しかし私は、昔の日本が好きだ」と述べていた。CMではセロテープ、仁丹、コーリン鉛筆、象印ポットなど、懐かしさと驚きで眺めていった。

しかし、何より驚いたのは、八ページを使っての写真と説明記事だった。そこには、「移りゆく日本」という連載企画の一つで、

九州の秘境で人間改造

効果あげた椎葉中の寄宿舎教育

とあったのだ。

私は、歌謡曲の方で案内されたページは、サッと眺めただけで、この記事に惹

きつけられてしまった。そして、イベントが終わった後、週刊誌の持ち主に「貸してください」と願い出たのだった。家に帰って早速読み始めた。

初めに場所の紹介がある。

「日豊本線の富高駅からバスで四時間、山の奥のまた奥にあり、〝秘境〟と呼ばれるにふさわしい位置にある。さらに平家の残党が探し求めた安住の地だ」と説明する。

当時人口は一万八〇〇〇人、世帯数二〇〇〇。

その大部分が、椎葉、那須姓を名乗っている。が、那須というのは、平家の残党の追い打ちにやって来たものの、落人の食うや食わずの生活に憐みを感じ、慰めのため逆に住み着いた、那須の大八を慕ってつけたものだという。

椎葉ダムが出来たのは、昭和三十年。一四九億円を投じて完成したダムがこの村の歴史を変えた。年に五〇〇〇万円の固定資産税が村に入り、鉄筋コンクリートの役場ができ、青年会館が建ち、村立の病院が完成した。

ダムの完成と同時に出来た寄宿舎には、中学校生徒の六〇パーセントに当たる、二八〇人が一緒に寝起きしている。共同生活を通して、社会性を身につけ、競争心も刺激するようになった。また給食のおかげで成長の遅れも取り戻していった。卒業生の三分の一は県外へ就職してゆくが、「椎葉中の寄宿舎出の生徒がいい」と山奥まで求人にくる会社もあるとか。つまり、これが効果をあげた人間改造にあたるのだ。

ただ父母にとって、月二〇〇〇円の負担はかなり大きく、舎監のところにもお金の相談がある、と写真入りで説明されている。またホームシックにかかったような顔の男子生徒が、ハーモニカを吹いている写真もあった。

寄宿舎が、学校の延長か、家庭の延長か、どちらに近いかということで舎監の嘆きも生まれていたようだ。

では現在の実情はどうなっているのだろう。平成三十年四月一日現在の椎葉村の人口は二六〇八人、世帯数は一〇九一だ。また椎葉中の生徒数は、平成十年、一四二人だったものが、今年、三十年は六十八人だという。そのうち寮に入っているのが四十人だとのことだった。

私は、この週刊朝日の記事を読んで、凄いことだと思い、その当時の生徒は今どこでどのような活躍をしているのだろうかという思いを持った。年齢的には私とあまり変わらない。話を聞いてみたいものだ。

また椎葉中学校を訪ねて行けば、この週刊誌も保存してあり、その時代の卒業生の動向も分かるのではないだろうか。週刊誌を携えて話を聞きに行きたい。心底そう思った。

プルタブ

私が学校にプルタブを運び始めたのは、十年以上前になるだろうか。東大宮小学校の教師と児童が、あるテレビ番組で空き缶のプルタブ（プルトップ）を集め、車椅子に替えて、老人ホームに届けたい、という趣旨のことを話しているのを見たのがきっかけだった。

小学校の教育課程のなかに、高学年が取り組む、委員会活動というのがある。その一環として、プルタブ集めをするというのだ。

私は、この話を聞き、児童の取り組みを応援したいと思った。そして車椅子交換までやれたらいいなと思い、少しではあったが届けに行った。あのプルタブは三個で一グラム、それを四〇〇キロを超すほどにしないと車椅子にはならない。

初めその量は想像もできなかった。

私は周辺に話をして協力を頼んだ。私の属しているコーラスグループ、自宅近くの公園のグラウンドゴルフに行かれているお隣のご夫婦、そして地区の飲み会があった時に近くに座った人達など。そのうちにそれぞれの人から口コミで広がり、「少しですが……」と言いながらも届けてもらえるようになった。そして、それらをまとめて学校に届けることになったという訳だ。

なかには県外にいる息子さんから他のものと一緒に送って来たからと、届けてくださる人もいた。またご近所さんのなかには、我が家の玄関前に置く人もいて、後日会った時にそのことが分かって、お礼を言ったりもした。

そんなある日、宮崎日日新聞の「若い目」という投稿欄に、東大宮小六年生の文が掲載されているのが目に留まった。

「空き缶などについている『プルタブ』を学校で集めています。たくさん集めると、車いすと交かん出来ます。私はそのことをおばあちゃんに話しました。すると、おばあちゃんと親戚の人も協力してくれました。今も集めてくれています。私はみんなで協力して集めたプルタブが、はやく車いすになってほしいと願っています」

この文を読んで、私は早速、その時自宅に集まっていた分を持って、学校に行った。そういうことを繰り返しながら数年が過ぎていった。

その日も私は、教職員の駐車場近くに車を停め、ビニール袋を両手に下げて正面玄関から入った。入ってすぐの部屋が事務室だ。その受付台のすぐ下に、透明のプラスティックで高さ七〇センチほどの容器がある。そこに入れるようになっているのだ。

私は、小さなビニール袋に入っているわずかなものもそのまま持って行った。我が家で一つにまとめていくことはたやすいのだが、私はあえてそれをしない。委員会活動の一環として、児童が整理するときに「ちりも積もれば……」を実感してほしいという勝手な想いがあったからだ。そういうビニール袋が五、六個あれば、こうやって集められたものが自分たちの手元に届いているのだと実感してもらえるのでは、と思ったのだった。

私は、プルタブは東大宮小に、ペットボトルキャップはイオンに運んでいたが、ある時、東大宮小でもプルタブと一緒にキャップも集めると知り、同時に運ぶことにした。

今から数年前は、届けると事務室の窓が開き、「これにお名前をお願いします」とバインダーにとめられた記録用紙を差し出され、記帳していた。

またハートフル委員会から、Ａ４一枚のお礼、報告のプリントをもらうこともあった。私はそれをコーラスの時に黒板に貼ったり、読み上げたりして日頃の協力のお礼を言った。グラウンドゴルフの方々にも見てもらいたいと思い、コピーしてお隣の方に渡したものだ。

そのなかには次のようなものがあった。

「プルタブ、ありがとうございます！」という表題である。横書きだが、中段より少し下に三枚の写真があり、左には、一つの大きな袋に集まったプルタブを入れている写真。中央はその袋を縛った写真。右側には車椅子が一台写っている。

上段は八行あり、そこに委員会に属する児童の文がある。

「皆さま、プルタブ集めのご協力ありがとうございます」という見出しに続いてそのあとには、担当した児童が考えた文章が続く。

「みなさんが集めてくださったプルタブは車いすになります！　そして近くの老人ホームに寄付されるのです。身近なものが一人の人を助けるものになるのはすばらしいことだと思います。わが校、東大宮小学校は、昔からプルタブ集めに取り組んできました。これからも私達ハートフル委員会、いや東大宮っ子でプルタブ集めを頑張っていきたいと思っているので、みなさまもご協力のほどよろしくお願いします！」

「（前略）ハートフル委員会は皆さんが集めてくださったプルタブを袋にまとめ、車いすとこうかんします。おじいさんやおばあさんが喜ぶ顔が目に浮かびます。

車いすは老人や体が不自由な人のためにあります。プルタブを集め、人を救ってください！」

「みんなで沢山の時間をかけて集めたプルタブは『車いす』に変わります。一人一人の思いがプルタブに詰まって、車いすになっています。集めることは大変だけど、小さなことが大きな物になるので、これからもプルタブ集めにご協力よろしくお願いします」

児童の文の中にもあったように、小さなことが大きなものになるということを分かってもらうためにも、私はあえて一つの大きな袋に入れずに届けているのだが、面倒くさいと思われているのではないだろうか。

プリントの写真を挟んで下の四行には、いずれも協力を感謝する言葉や喜びの言葉が並んでいる。「心から感謝します」「またプルタブやキャップを持ってきてくれると嬉しいです」等だ。キャップについては二〇一六年十二月寄贈先より、回収重量九十七キロが、ポリオワクチン二二・七人分になる。そのことに対しての感謝状が届いていた。

ハートフル委員会のお礼の言葉のプリントには年月日がないのでよく分からないが、平成二十四年三月に出された「学校だより」には、「車椅子寄贈」というタイトルで写真もあり、紙面の一角を飾っている。

「七二〇キロ集まり車椅子と交換でき、児童集会で全校児童にその車椅子を紹介した。そのあと、ハートフル委員会代表児童四名が、特別養護老人ホームに寄贈しに行き、五名のお年寄りと施設職員に出迎えられ、感激して頂いた」

と書かれていた。

こんな文章を頂くと、届ける者としては凄く嬉しい。私が運んだ量は車椅子の車輪のスポーク何本にしか過ぎないかもしれない。しかし、捨てるより役に立っていることを知ることが出来、今我が家でもビールやジュースを飲み終わると、プルタブを小さなガラス瓶の中に入れて、集めているのだ。

さて、玄関に置いてあるプルタブとキャップをそろそろ届けに行くとしよう。

第二章　真っ青な空の下を歩けて

平成二十七年の夏

自然現象とはいえ

「今日で八日間、猛暑日が続いています」

「熱中症に気を付けて、小まめに水分・塩分の補給をしましょう」

「今日、熱中症で病院に運ばれた人が〇〇人でそのうち死亡者が……」

このような言葉がテレビや新聞で連日報道されている今年の夏だ。まだある。熱中症指数というのを挙げて注意を促している。夏は暑いもの、まして長い日本列島で南に位置する宮崎は。ということは知っていても、インタビューで「早く冬になってほしい」という言葉を聴いたのは驚きだった。

宮崎は南国だ。ところが、今年の夏は北海道の方が気温の高い日が多くて、全国の天気予報、予想気温表示を見ながら、「避暑に行くなんてとんでもない。すごいねえ、人変だろうね、いつもが涼しいから」とありきたりの言葉を発している。

昨年までは、国内で最高気温を誇って（？）いたのは埼玉県熊谷市だった。それを謳い文句にして土産品を出し、全国に名を知られていた。しかし、今年は違う。群馬県館林市だったり、栃木県宇都宮市だったり、と日本列島中央の、熊谷と同じ内陸の方が多い。

嫁の実家は熊谷だ。最高気温表示を見るたびに「凄い気温だね」と夫と話したり、たまには電話したりして「大丈夫ですか」などと声を掛けていた。

この暑さの中、就職活動に精を出している人達がいる。そして、暗黙の内に慣例となっているリクルートスーツとやらを着て、数カ所の訪問をしている。皆同じように見えるなかから選ぼうということなのだろうか。

しかし、さすがに今年、スーツでなくてもいいと公表したところがあり、映像が流れた。女性だったが、思い思いの格好である。とはいってもそれで採用するかどうかが決まるのだから、目をそむけたくなるような奇抜な服装の人はいなかった。私は、それぞれのほうが、その人の個性が分かり、良いのではないかと思ったのだが、それを見越して取り繕う人もいるだろうか。

我が家の孫娘も就活だった。その姿はライン上に写真が出ていたが、お決まりのスーツ、髪のなでつけ方もいつもとは違うように見受けられた。結果としては希望の病院に内定が出たということで安堵した。但し、国家試験が待っているのだが。

この暑さの前には、一カ月の間殆ど雨という日々が続いた。そのせいで農作物や果樹など大きな被害が出た。宮崎県の米も「不良」という判定だった。

我が家でも日照不足の被害にあっている。毎年夫が作っている夏野菜にキュウリとトマトがある。種を蒔くことから始まり、ポットで二回の植え替えをして定植する。定植するのはハウスの中。といっても農家の人が使っているものと少し違う。上の半円の部分はビニルで覆われているが、下半分は風が通るようになっている。

そこにはネットが張り巡らせてある。猿の害を防ぐためだ。手間をかけてハウスを組み立て、そこに定植して、倒れないように支柱に結び付け、キュウリの蔓やトマトの脇芽を取って生長を見守る。

ところが今年は、キュウリはまずまずだったものの、トマトは生長し、丈が一メートル近くなり、黄色の花が咲き、薄緑の実が付き始めてから問題発生だった。下の方の枝が黒く枯れたようになり、垂れ下がり始め、実が緑色のまま大小区別なく落ち始めたのだ。我が家のものは、害虫予防のための薬剤散布などしない。いわば自然に任せているのだ。

「今年のトマトは駄目じゃわ」

と、夫の口から出た時には、

「まだ何とかなるのでは。暫く見守って」なんて、脇芽やキュウリの蔓を取ったりすることぐらいしかしない私が言ったのだった。花が咲き、実がなったのを見て期待していたからだ。それが——。

それから数日経ったある日、夫は帰ってくるなり、「今日はね、トマトを三十本全部引き抜いて片付けてきた」と私に告げた。顔の表情は普通だったが、その声には張りがなく、落胆しているのが分かった。その日の晩酌も普段に比べると進まなかったように思えた。私は、夫が育てていくのを傍で見ているので、涙が出そうだった。何もなくなった畑を見るのも辛かった。

今年の夏は暑いばかりでなく、急に空模様が変わり、大雨が降り、突風が吹くという様子も見た。こうなってくると、天が人間に戒めとして試練を与えているのではとさえ思えてくる。高温だの豪雨だのと嘆いているが、地球にインタビューしたら「みんな人間のせいでしょう」と言われそうである。その一つが温暖化。海水温が上がり、茨城県の海水浴場に沢山のサメが現れて遊泳禁止になったと今報じている。亜熱帯、熱帯の海にいるはずのものが日本にやってきている。

ああ、もうどうしたらいいのだろうか。私が出来ることはないのか。

初めてのミステリーツアー

新聞と共に配達されるチラシの中に、旅行案内が入ってくる。それを取り出して開くと、海外、国内旅行があり、中には日帰りのバス旅もある。それらを見ながら、行ってみたいなあ、いやこの料金じゃ無理、などと勝手に言い訳したりしながらもチラシを楽しむ。

私が以前から興味を持ち、行ってみたいと思っていたものの一つが、「ミステリーツアー」というものだ。それは行き先不明というか、「どこに行くかはお楽しみ」というのがうたい文句だ。

旅の日程を見ると、宮崎空港を出て、とある空港に着き、とある観光地、天然かけ流しの、とある温泉地（泊）というのが初日だ。二日目、日本一の○○駅、霧氷の上を空中散歩などという言葉に想像を巡らす。どっち方面だろう。今は一月。この時期に霧氷？　北の方だな。三日目、とある観光地、◯◯で出来た教会とか日本三大◯◯と、ますます分からなくなった。そういう謎の宣伝文句に興味をそそられ、この旅に申し込んでみることにした。

宮崎空港を七時半に出て、着いたのは予想通り羽田だった。そこで他県の人達と合流し、いよいよミステリーツアーの始まり。私は、羽田で日程表が配られ、全ての行程が種明かしされるのかと思っていた。が、さに非ず、このツアーは、帰りの宮崎空港行きに乗る最後の最後まで、ミステリーだった。もちろん行き先を推察して当たったところもあったが。

今回の旅で、特に心に残った場所が二カ所あった。一つ目は、谷川岳ドライブイン近くの土合駅から上越線に乗る時の駅だった。ここは、日本一地下に潜る駅ということでモグラ駅の異名があった。駅構内から線路のあるホームまで四六二段の階段を降りていくことになる、とバスの中で説明があった。

私は、体調が優れずというか、足がいつものように運べないので、バスに残り、移動するか、少々無理しても降りていくか迷っていた。ガイドにそのことを告げると、それまでの私の様子を見て「五段ごとにちょっとした広い踊り場があるし、手すりもあります。それに電車が来るまでに時間があるから大丈夫ですよ」と笑顔で言ってもらえたので決心がつき、降りていくことにした。

手すりにも頼り、励ましの声に助けられ、下りきって後ろを振り返ると、遥か彼方の上方にぽっかりと下り始めた入り口が見えた。山や階段などを登り切って、下を見下ろし、やったあという声を上げるのは経験があるが、下りきって、上を見上げて声をあげたことはあまりないな、と思いながらも、私は万歳をしてしまった。

そこから新潟県に入り、越後湯沢の高原駅でロープウェイに乗った。それは一六〇人を一度に運べるものでその大きさには驚いた。今のシーズンにはスキーの板を持った人たちでいっぱいになるらしい。着いたところは雪原。スキーを楽しむ人の姿もあり、足元はサラサラと白く、空を見上げれば真っ青、遠く近くに見える山々は、頂上に多くの雪を残し、美しく輝いている。私は、続けてカメラのシャッターを切った。そしてそこに設置されていたソファーに腰を下ろし、暫く絶景を堪能した。

心に残った二カ所目は、長野県軽井沢町にある内村鑑三記念堂と言われている「石の教会」だった。これが「〇〇で出来た教会」と案内にあったところだ。それは自然の中にあった。順路に従って進んでいくと、その名の通り、石を積んで作った建物の入り口があった。そこには内村鑑三についての資料がパネルになって展示されていた。一つひとつ全部は読めなかったが、歩いていくと、数人掛けの椅子があり、正面に明るい窓のある部屋に行き着いた。

そこが祈りの場らしい。造りは私の知っている教会とは明らかに違う。十字架らしきものもない。半円形の石の天井、壁も石積み。私はそこの椅子に腰を下ろした。すると、思いがけないことに涙が込み上げてきた。何故か、いまだに分からない。私はキリスト教徒ではない。それなのに静かなその場の椅子に掛けた途端、ぐっと込み上げてきたのだった。私は思わず手を合わせていた。

「内村鑑三の無教会思想は、何も規制することのない生きた建築、オーガニック建築により蘇り、軽井沢で今も息づいている」という説明を思い出していた。「オーガニック建築は、建築が自然を排除せず、空気も水の流れも山の斜面も、そこにあるすべてのものをそのままに、壊さないようにそっと包み込む」とあったが、その言葉通り、自然環境との調和が素晴らしい。私は胸がいっぱいになり、思わず手を合わせたのも、見るものにそう感じさせる計り知れない力のせいだろう。

言葉の乏しい私は、その建築についても、雰囲気に関しても表現できないのが悔しい。建物は、写真などで見せることが出来ても、あの場での感情の変化は、体験してみてほしいとしか言えない。

初めてのミステリーツアーで、国内の素敵な所を廻ることが出来て、私には大満足の旅だった。それにしても、ガイドも添乗員も口を滑らせて行き先を告げることもなく、最後の最後までミステリーで進んだことにも、仕事とはいえ感心した。

ミステリーとうたうだけあって、次はどこだろう、周りの景色にも何かヒントになるものは見えないかと心動かされた。次は季節の違う時に出かけてみたいと魅力を感じた旅だった。

猪突猛進

その日は友人の家からの帰りだった。彼女の家を出てすぐの交差点にさしかかると、前方は赤の点滅だから、左右の車の流れがなければ直進できる。狭い道だが、交差点の手前で止まって待った。

交差点の中央には、左側から右折で私の停車している道路へ入ろうとして止まっている車がいた。だから直進は無理だ。そのまま待つ。と、その車が動き、私の車の方に来た。私は、狭い道なのでもう少し左に避けた方がいいと判断して、ハンドルを左に回した。

そして、赤の点滅で行けそうだったので前に発進。すると、ガガッと嫌な音がした。しまった、左側をこすっている。そこには低いながらブロックの壁があったのだ。仕方ない、前進だ。音がし続けているのに、私は、直進したのだ。少し行ったところに、ショッピングセンターの駐車場がある。そこに入り、停車し、車を降りて、左側を見ると……。ああ、やったあ。左後部ドアの中央から後ろのタイヤのところまで数本の傷、塗料は剝がれ、傷跡が白くなっていた。どうしよう。といってもどうしようもない。運転に支障はない。泣きたくなる気持ちをやっと抑えて我が家に帰った。

夫に事の次第を話すと、出て来て、見たり、触ったりしている。私はもう見たくない。泣き出したい気持ちだった。

実は以前乗っていた車の時にも、同じ場所で同じ左の後部扉をこすったことがあるのだ。左にハンドルを切った話をすると、「元に戻したか」「音がした時、止まってバックすればよかったっちゃが」と次々に言葉が私を追いかけてくる。そして、「前に進むことしか考えちょらんから、こんなことになるとぞ」と一番痛いところを突かれた。

私は、駐車場でもバックで入れるのが苦手だ。一度でオーケーとなることは殆どない。数回の前進、バックを繰り返し、定位置らしきところに停められるのだ。そして、「私は、前向きで、前進あるのみ」などとバックのまずさを隠し、豪語していたのだ。

その夜の私は、やけ酒を飲むでもなく、無口で、しきりに、ああすればよかった、どうしてあそこであの動きを、などと次々に頭に浮かんだ言葉をかみしめていた。そんな私を見て夫は、「やったこと、済んだことは仕方がないっちゃから……」と慰めの言葉を掛けてくれた。

翌日、私は自動車会社に連絡して車を持ち込み、修理を頼んだ。その夜、修理価格の連絡があった。それを聞いて気分はますます落ち込んだ。しかし、対人事故でなく済んだことは幸いだったと思いたい。また、今更もとに戻らない、くよくよするのはやめよう、と気持ちを奮い立たせることにした。

少し持ち直した私に夫が言う、「あの代金で高級ステーキが何枚食べられるじやろか」と。「もう、やめてよ」と言いながら笑い出す私を見て、安心したようだった。

我が家の玄関前の駐車場に、私の車がないので、「どうしたんですか」と聞かれる。車検か点検かと勝手に推測してくれているご近所さんもいた。直接聞いてこられると「今、入院してるんです。皮膚科ですが」と答えている。さらに「一週間ほどで退院できるでしょう」とも笑いながら付け加える。あとは想像してくださいという気持ちである。

今回のことは、今年の干支がいくら猪とはいえ、猪突猛進とまでは行っていない。が、「前進あるのみ」などと言わず、立ち止まって考えたり、後退もあり得ることを念頭に置いたりしながら、一年を過ごそうと考えさせられた出来事だった。それにしても八万円は大きいなあ……。

青い空

我が家の玄関を出て私の目の前に広がったのは、抜けるような青空だった。思わずうーんと伸びをしたくなるようないいお天気。さらに数歩出て真上を見上げると青一色の布を広げたような素晴らしい空が広がっていた。

いつもだと自家用車で出かける内科医だが、今日は夫に送ってもらう約束をしていた。

「送って行ってね。帰りは歩いて帰るから」と言った時、夫は「なんて？　帰りはタクシーにしろよ」と言った。「大丈夫だから、歩きたいのよ」

私は、月一回通院、診察してもらい、心臓関係の薬を貰っているのだ。年末にまとめて薬を貰っていたが、それもそろそろなくなる。八時半診察開始だ。私達は、八時に出て、五分には着いた。既に駐車場には多くの車が停められていた。一番かと思ったのに……と車から降りて、夫を見送ると院内に入った。そこに見られたのは男性の姿だけだ。私は、受付名簿の前に立った。七番だ。流れに乗って診察が終わり、薬局で薬を貰い、時計を見たら、九時三十分になっている。

「さあ、帰るぞ」。私はショルダーバッグを斜めにかけると歩き出した。いつもは車で通る道、風が両側の鮮やかな生け垣の緑を揺らしている。カイヅカイブキの剪定してある美しさも目に留まった。そこを抜けると、大小、高低のあるビルも見える。五分ほどで国道10号に出た。

戦場坂に向かうので右側に曲がると、薄い緑色に塗られた横断歩道橋が見えた。「あそこを渡るんだ」。何故かワクワクしてきた。いつもはその下をサーッと通り抜けるだけの道なのに、今日は上から下を走る車を見ることが出来るのだ。逸る心を抑え、手すりを握り階段を登る。踏みしめる部分は、金属の板の上にクッションョン材が張ってあり、足裏に心地よい。

いよいよ下の四車線の上を横切る。私は中央で止まった。下には信号で止まっている車、逆に走り出す車が見える。東西に大きな流れがあり、視界は遠くの山々も見えるほど開けている。思わず、「わあー」と声が出た。頭上、そして目線の前後左右は真っ青だ。

「あおい空　光ゆたかに　日にはえて　におうやまなみ……」口をついて出たのは、宮崎県民歌だ。歩道橋の中央で、両手を斜め上に広げて歌いたい気分だった。実際にはそれは出来ず、口ずさみながら前に進んだ。

降りるのがもったいなかった。他には誰もいなかったので引き返して、渡り直そうかと思ったのだが、我慢して帰り道の方に降りた。私が街に出た時に車で帰る一方通行の道だ。

狭い道の右側を歩きながら、後ろからの車に注意である。車の近づいてくる音がした。私の左側をサーッと通って行く。続いて二、三台。風を感じる。いつもは何も考えずに車を走らせていたが、小中学生が登下校する道だ。心して走り抜けなければいけないと思った。

私は、途中から車の通らない脇道に入り、以前いつも夕方に歩いていた、池の側に出た。池にはカモやサギなどの姿が見えた。もっと暖かくなると渡ってしまう鳥たちだ。私は、少し近道をして、三十分歩いて帰り着いたのだった。爽やかな気分である。

居間に入ると、留守番電話の赤の点滅が目に飛び込んできた。再生して聴くと、近くの書店からで、予約していた本が来ていますとのこと。そこで再び歩いて出かけた。往復三十分かかったが、家の前を通り過ぎ、その勢いで買い物に行った。特売品があったので予定していたのだ。

白砂糖二キロ、千ミリリットルの牛乳一本、そして夫のお昼にと一品を袋に入れて帰ることになった。が、その重さに慌てた。いつもは車のドアを開けて、乗せるまでの重さ、あとは車が運ぶ。だが、家までの八〇〇メートルぐらい、それを下げて運ぶのだ。なにも持たなくても、歩いている途中でスピードは落ち、息遣いが荒くなる。その坂を私は、少し前かがみになり、狭い歩幅で、ハアハア言いながら帰った。

しかし、北海道旭川の暴風雪、豪雪地帯の雪の様子を報道で見ると、この青空のもと、車がないからと家にいるのはもったいなさすぎる。「よし、今日は歩こう」と思った私だが、歩道橋からの絶景を観、読みたかった本が届き、取りに行けたこと、買ったものを歩いて持ち帰ることの大変さを実感したこと。これらは貴重な体験だった。

その日の歩数は、一万一八五一歩。真っ青な空の下を歩けて万歳したい幸せ感があった。

寝る前の芋ほり

午後六時に夕食も終わり、八時になった。夫はそろそろ二階に上がり、休む準備をしようかという時刻である。その時夫が言った。

「俺、芋ほりに行ってくるわ」

「え？　あ、分かった。芋ほりね」

私は笑いをかみころして言った。

我が家の味噌汁は、夫の手になるものなのだが、毎朝、椎茸、わかめ、豆腐、押し大豆、エノキ、ニラと共に具材となっているのが里芋なのだ。

今年も毎朝食べられるようにと、畑で里芋を作っていた。雨が少ないときは、水やりもして、生長を楽しみにしていたのだ。

里芋を作っている畑は、宮崎の自宅から車で約四十五分の所にある。ここは、私の両親が住んでいた場所で、家も畑も山もそのまま残されているのだ。何か作らないとわざわざ行くこともない、と夫は年中、葉物の野菜、豆類、根菜などを作っている。

ところが、これらの作物が全て私達の口に入るのではない。猿や、猪に荒らされてしまうこともあるのだ。

今年八月、畑から帰って来た夫に「今日変わったことなかった？」といつものように聞くと、「変わったこと大ありよ」と携帯で撮った写真を見せてくれた。そこには、里芋の茎が根元からちぎり取られ、そこら一面に放り投げられてある無残な光景が写っていた。そして、芋はわずかに地中に残されている有様だったと、話してくれた。

これは、猪によるものだと、畑の近くに住む人から教えられ、ここまで荒らすのかと腹立たしく思ったという。夫は、地中に残っていた小さな芋を掘りあげ、ビニール袋に入れて帰って来たのだった。そして暫くはこの芋が味噌汁の具となった。

しかし、その芋も底をつき、買うことになった。白芽ではなく、赤芽の芋だ。近くのスーパーで見て買っていたが、味噌汁に入れてもジャキジャキしておいしくないものや、煮えにくいものがある。しかし、外見で判断することは難しいので、仕方なくそれを使っていた。

このスーパーとは別に、家から少し離れたところに、生産者の名前付きで野菜、花などを扱っている店がある。ある時夫は、そこから里芋を買ってきた。それは鶏の卵ぐらいの芋が九個ぐらい入って三〇〇円ほどだった。そして、毎朝一個が味噌汁に入った。その芋をざるに並べておくと、乾燥が始まる。すると芋が縮んできてしまうのだ。

本来なら、畑から掘りあげてすぐ使うのだが、買ったものは何日前に掘ったかまでは分からない。そこで、出来るだけ新鮮さを保つために夫が始めたのが、庭先の花壇に埋めることだった。そして、夜寝る前になると、「芋ほりに行ってくるわ」と言い、次の日の朝用を一個掘り出してくるという訳だ。

一方、土の中に埋められた芋は、生き返ったかの如くなる。最近は、その芋の芽が地中で出始めている。さらには茎が伸びそうである。今後、夜寝る前の芋掘りはどうなっていくのだろうか。

春を間近にして

「はい、今日はここまで、さようなら」

夫の言葉が畑から聞こえてくる。誰に言っているのだろうと一瞬思ったが、すぐに分かった。それは、畑に来ていた鳥に掛けた言葉だ。

今畑に育っているのは、ホウレンソウ、エンドウ、ソラマメだ。エンドウには、竹が枝葉を付けたまま、添え木として立ててある。エンドウは、蔓をそれに巻き付けながら上や横へ伸びていくのだ。ホウレンソウは、一列だけ取り残しがあり、それがまるで畑を二分しているかのようだ。

普段、夫はこの畑に一人でやって来て、色々とその時々で必要な仕事をこなしている。私はというと、何かの収穫の時にしか一緒に仕事をすることがない。その日は、金柑粥を作るための金柑を取り、畑を耕すのに邪魔になるホウレンソウを取ってしまうことが私の仕事だった。

金柑をちぎっていると、夫は鍬を持ち、畑の端から草を起こし、手袋をした手で持ち上げ、土を払い始めた。手際の良さはさすがだ。私は十個の金柑をちぎり終わって、一段高くなっている畑の縁に腰を下ろして見ていた。すると夫が土の中から何かを拾い上げ、近くにあった植木鉢の受け皿に入れ、私の近くにすっと持ってきた。「何？」と聞くと、「根切り虫」という答えがすぐに返って来た。鉛筆よりやや細い。土の中から掘り出された虫は、身を丸めていた。どっちが頭なのか、私にはよく分からない。

その後、私が水筒を取りにその場をちょっと離れた時、

「おう、来たか。そこにあるぞ」

と、夫の声が背中の方から聞こえてきた。振り向いたが、私には何のことか分からない。

「えー、なに？」と言いながらさっき腰を掛けていたところに戻った。

すると、エンドウ豆の手としてある、竹の一本の上に、一羽の鳥がいた。ああ、ジョウビタキだ。足を止めると、こちらを窺っていたが、サーッと降りて来て虫をくわえると、皿の外の畑地に下り、食べ始めた。一回ではとても呑み込めないみたいだ。くわえては振り下ろし、をくりかえし、その後食べ終わるとどこかへ飛び去った。

「私に見せるために、虫をここに置いたのかと思ったら、違ったんだ」

「違うよ。畑を動かすと、あの鳥が何時も来るから、今日も来るだろうと思って……」

その言葉のとおり、暫くするとまたやって来た。あちこち歩いたり、飛び上がって雨どいに止まったりして、夫を見下ろしている。二回目の餌やりは、長さ三センチほどの細い、ちっちゃなミミズだった。

「ほら入れたぞ、喉に引っ掛けるなよ」

と、呼びかけている。かと思うと、仕事の手を止めて見て、「うまいじゃろが」と言う。一人で畑仕事をしに来ては、小鳥とこんな風に会話しているんだろうなあと、ちょっと申し訳ない気がした。いや楽しんでいるかな。

その時、いつものように私の大好きな音が聞こえてきた。真上ではなく、少し西の上空を見上げると、銀色の機影が見えた。飛行機だ。青い青い空の中にその姿をしっかり捉えることが出来た。

「あ、一機目だ。今日は何機見えるかなあ」

私は、両手を斜め上に挙げ、深呼吸しながら想いを巡らす。どこに向かっているのか、どんな人達が乗っているんだろう。想像は広がる。

その時、またカッカッという鳴き声が聞こえた。私は首を回して、再び姿を探した。私が飛行機を見上げている間に夫は、竹を持って来て畑の中央に立てていた。そのてっぺんにチョコンと止まっている。

「よかったね、止まるところが出来て」

いつの間にか私も話しかけていた。

宮崎の家の庭にもジョウビタキが来る。庭の芝生の上に舞い降りている姿や、花壇に立ててある支柱の上にいるのを時々見かける。夫が庭の芝刈りをした後を歩いては、何かをついばむ姿も見ていた。しかし、これはメスだが、畑に来ているのはオスだ。

オスは頭が銀白色、顔は黒、胴から腹は赤茶色、両方の翼に、それぞれ白い逆三角形が見られる。メスは、全体が灰色がかった茶色で、こちらも翼に白い小さな白斑がある。モンツキドリと呼ぶところもある。時々ピョコンとお辞儀をして尾を震わせる。

この鳥は冬鳥と呼ばれ、秋から冬にかけて渡来し、春に日本を離れ、繁殖地に移動する。メジロのようにつがいで動かず一羽でいることが多い。ジョウビタキのジョウとは尉で銀髪のことをいい、ヒタキは火焚き。火打石で叩く音に似た音を出すところから、ジョウビタキというそうだ。

畑で見たオスは、草取りをしている夫のすぐ傍、手を伸ばせば届くようなところまで来ている。農家の人が耕運機を使って広い田畑を耕している時に、そのすぐ後ろからサギが付いていくように、ジョウビタキも夫の近くにいるというほほえましい風景である。

私の予定していた仕事は無事終わり、袋に収穫したものを詰めた。その後、家の周囲の見回りをして、再び裏の畑の方に行こうとした時に「はい、今日はここまで……」が聞こえてきたのだった。今から暖かくなるので、夫としては作業しやすくなるだろうが、ジョウビタキは渡ってしまい、寂しくなるだろうなあと思った半日だった。

私は、ジョウビタキを身近に感じられ、いつもと違った幸せ感で帰途に就いた。途中、春の訪れを知らせる野焼きがあちこちで行われていた。その煙の中を抜けながら、もうすぐあの鳥ともお別れなんだなあと、お辞儀をする姿を思い出し、アクセルを踏んだ。

桜の花と文楽

コーラスグループから希望者を募り、呼びかけに応じた二十一名の女性を乗せたバスは、四月初旬、わずかにチラチラと桜の花が見えるなか、高速を一路高千穂に向けて走っていた。

車中は、いつもだとおしゃべりや笑い声で爆発せんばかり、その合間を縫って、菓子類が回って来る。唯一男性の運転士さんに気の毒なくらいなのだが、その日は違った。出発すると間もなく、全員に楽譜が配られたのだ。

「はい、皆さん聞いて！　先生からの宿題です。今からこの曲を練習します。メゾはメロディでいいんだけど、先ずソプラノを全員で歌ってみましょう」

と、境田さんの声掛けで歌の練習が始まった。

曲名は、「蛍」。「蛍のやどは川ばた楊《やなぎ》」という歌い出しだ。ユニゾンで歌う予定だったものが三部合唱に変更になったという。ソプラノの次はアルトだ。

「三段目がちょっと難しいかなあ、じゃあそこを弾いてもらいますね」

と、ピアニカ奏者の熊本さんに振る。車内にピアニカの音も響く。

「じゃ、階名でいきましょう」

目的地まで三時間ほどのバスの中、無為に過ごすのはもったいないので練習をして、月曜日に備えなさいという先生の意図？　だったらしい。暫くすると、

「一緒に歌ってみましょう」

となり、かろうじて歌えて終了。バスの中での練習も悪くない。

「蛍」の練習が一段落した後は、おしゃべりが始まった。ところが県北に進むにしたがって、窓外に見える桜に満開のところが多くなっていった。「わあーきれーい」「ピンクだよ」「見て見て、あんなに沢山咲いてる」「あっ、もう枝垂れも咲いてるよ」「宮崎はまだ咲いてないのに何でじゃろねえ」「あの白い大きいの

は何?」「こぶしじゃない」と言った声が車内のあちこちから上がった。私たちは首が痛くなるぐらい左右に動かし、座席の隣の人と顔見合わせることになって笑い合った。

バスは熊本県に入り、山都町を走る。宮崎と違い、空が明るく、日差しもある。そのうちに広い敷地に、変わった建物が見えてきた。どうやら目的地のようだ。バスから降りた私たちは左側の建物の方に進む。今回の世話役の西松さんが、受付らしきところへ出向き、私たちはお土産物が並ぶ建物、清和物産館に行った。私が少し遅れて入ってみると、早速いくつかの品物を手にしている人もいた。

今回私たちの目的は、熊本県山都町にある清和文楽館で、文楽の公演を見ることだった。受付の時間が来て劇場入り口の暖簾を押して中に入ると、左側に舞台らしきもの、右手は観客席で、半円形、階段状に伸びている。なんと二〇三席あるということだった。

まず初めに、人形の頭部分の仕組みの説明があった。次は一メートルを超える着物姿の女性の人形を使って、顔の向き、手の動き、所作などをどのように誰が担当しているのか、三人の方それぞれについての説明があった。

今日四月十日、私たちが鑑賞するのは、ミニ公演と呼ばれるもので、演目は世話物の中から「日高川入相花生《いりあいざくら》～渡しの段」の一部だった。世話物というのは、庶民の暮らしの中の出来事をテーマとした人情物語だという。

舞台に向かって右側の高いところに、語りと呼ばれる男性が三味線の太棹を持って座り、いよいよ開演。この男性の声がとても魅力的だった。説明調に語る部分、女性としての部分の落差がすごく、舞台の人形の動きもさることながら、私は、語りの人に近い席にいたこともあり、度々その人の方に目をやって、その語り方の所作、音色などに注目し、頷きながらのめり込んでいった。

人形は、初めの説明にあったように、三人に動かされ、立ち上がるところ、後ろに身を反らすところ、地団駄を踏むところなど、リアルに表現された。人形遣いの三人は先ほどとは違い、顔は黒い角頭巾をかぶっている。

話は、安珍・清姫の出てくる道成寺の物語だ。大筋は紀州道成寺の伝説の中の男女の話で、熊野詣の若僧安珍に清姫が恋慕、帰途の約束を裏切られたことから大蛇になって後を追い、道成寺の釣鐘に隠れていた安珍を鐘もろとも焼き殺したという話の前の部分、大蛇になる前に日高川に飛び込むところまでだった。

恋しい恋しいということを語りの男性が清姫になりきって語る。そして叶わぬと知った清姫が悲しみ、下を向き、次にハッと顔を上げると形相が一変、眉は吊り上がり、目つきも変わり、頭には角が生えるという変化を見せる。人形遣いの手によって一瞬で恐ろしい表情に変わるのだ。

すべてが終わり、再び現れた清姫の人形と一緒に記念撮影だった。人形と握手していた仲間もいたようだ。私は、語りの人と握手したかったが、それより先に天井にカメラを向けていた。劇場の作りが素晴らしく見えたのだ。劇場を出る時に語りの人が立って見送りの声を掛けていたので、お礼の言葉と共に出た。

見ていて困ったのは、拍手のタイミング。いや、拍手するのかどうかもよく分からない。以前メディキットで、雅楽の演奏会があった時も思った。いつ拍手するのだろう。歌舞伎などで「成駒屋！」とか声掛けがあるのは聞いたことがあるが、拍手は？

ほの暗いところから外に出ると、晴れ間がまぶしく感じられた。一本の桜の木が見えた。

案内されたのは物産館の奥にあったレストランで、そこには予約してあったお弁当が既に並んでいた。席に着くと、外の景色がガラス戸越しに見えた。道の向こう側に菜の花、レンギョウ、土手にはタンポポと黄色一色。かと思いきや目線を上に向けると、枝垂れ桜のピンクが目に入った。なんと贅沢な場所の昼食だろう。食べていると、女将らしい年配の女性が挨拶に来て「一切化学調味料は使っていません」と説明があった。郷土料理と、のぼり旗で宣伝している通り、食材も地場産品のようだった。本当においしかった。特にお煮しめ、芋がらの煮物など。

帰りのバスの中で、劇場入り口で貰ったチラシの説明を読んだ。それによると、「清和文楽」は、江戸時代嘉永年間（1850年頃）この地を訪れた淡路の人形芝居の一座から浄瑠璃好きな村人が人形を買い求め、技術を習ったのが始まりと言われる。昭和五十四年、清和文楽人形芝居が、熊本県の重要無形文化財に指定されたのを機にこの文楽の再生に取り組み、平成四年九州唯一の人形浄瑠璃専用の劇場「清和文楽館」が建設され、年に二〇〇回前後の公演を行っているのだという。

農村歌舞伎や文楽などの地域文化的なものに目を向けることのない私だが、高千穂の夜神楽などもその一画にあるだろうし、都城市山之口の人形浄瑠璃などにも今後注目していきたいと思った。そして、清和文楽のミニ公演ではなく、六十分の演目も見たいものだと欲が出てきた。この旅を計画し、誘ってくれた人へまず感謝だ。

帰り道に、五ヶ瀬、三ヶ所神社の隣にある浄専寺の枝垂れ桜を訪ねることになっていた。バスを降りてまず三ヶ所神社への階段を上る。お参りを済ませると、私たちの記憶を司る海馬が社殿上に彫られていることから「海馬守」というのがあり、海馬の衰えを抑え、働きを活発にと守ってくれるとやらで、大人気だった。仲間の殆どが買ったのではないだろうか。私は買わずにおみくじを引いた。お守りを買わなかったので、今後仲間内で私の記憶力の衰えが感じられるときには、すかさず「中武さん、お守りを買わんかったからじゃが」と言われることだろう。

社を一周して浄専寺の方に下りると、大木には表皮を保護するための布状のものが上まで巻かれていたり、太い枝も途中で切られていたり、枝の数も少なくなっていて、可哀想だった。数年前、この時季に来たときは、三重の塔を背景に、それは見事な枝垂れ桜の花が見られたのに。

一方浄専寺では、葬儀が行われていたようで、付近に出棺を待つ大勢の喪服の男女の姿があった。もっとお寺寄りの場所から桜にカメラを向けたかったが、仕方なくバスに戻った。時刻は二時。ああ二時出棺だったんだねと隣の人と話した。

次は宮崎と熊本の県境にある高森峠近くの千本桜に足を延ばすということで、バスはそちらへ向かった。道路沿いの桜が延岡あたりと違って二分咲きほどに見えたので、ダメかなあと思っていたら、あにはからんや、パッと開けたバスのフロントガラスの先には、小高い丘の斜面に咲き誇っている桜、さくら、サクラ。

駐車場には多くの乗用車、桜を愛でる人たちの姿もあちこちに見えた。カップルで腰を下ろして木を見上げている人。はしゃぎまわる子供を連れた人。腰を曲げながら斜面を一歩また一歩と歩む姿など。私たちもそれぞれに桜の下を歩いた。桜の枝と枝の間から青空が、そして白い雲が一緒に覗いていた。まだ満開とまではいかないが、入り口付近の看板「高森峠千本桜・桜祭り」が一段と鮮やかに目に映った。

日帰りの旅ではあったが、桜の花を左右に見ながら春を感じ、文楽で日本の伝統的なものに触れることが出来た一日であった。元気なればこそだから、今からも心して生活していこうと気を引き締めながら、宮崎駅で解散式に臨んだ。

瓦礫

「私は瓦礫という言葉は嫌い」

宮城県出身の友人が言った。これは、東日本大震災直後の彼女の言葉である。当時、「瓦礫の山」、「瓦礫の処分」などと毎日のように新聞やテレビでその言葉が使われていた。

今回テレビで、カナダへの漂着物について扱った番組を見た。日本から七千キロ離れたカナダのバンクーバーに流れ着いたのは、東日本大震災の折の津波によって運ばれた船や流木、ボール、ペットボトル、ドラム缶などだ。それが瓦礫だという。

番組の内容は、日本の大学生を中心としたチームがこれら漂流物の実態を調べるためにバンクーバーで活動したという流れだった。その国（カナダ）の流木なども ある中で、日本から漂着したと思われるものを探していた。日本の文字が書かれた医療器具も見つかった。

大学生は、日本からのそれらを探すだけではなく、地元の川から流れ着いたと思われる流木も片付けていた。二人で抱えてもなかなか動かせないくらいの太いものもあり、私はけがなどしないようにと祈るような気持ちで画面に見入った。

以前、流れ着いたバスケットボールやバレーボールに日本の学校名が書かれていて、被災地の学校名などをあたり、そこに届けられたというニュースを見た覚えがある。今回、彼らが集めたものがどのような形で、どこに運ばれたか、詳しいことは分からない。というのはシリーズとしての放送で、次を見損なったからだ。

私は、東日本大震災の被災地に出掛ける勇気がない。自分の目で確かめたいと思う一方で、今まで多くのドキュメンタリー番組や映画などでその様子を見聞きしているから、直視する勇気がないのだ。

その番組の中で、あるお寺の住職の言葉が紹介されていて、強く心に響いた。

それは次のようなものだ。

「津波で流されたものは、ゴミではない。何かの想いがあって使っていたものであり、誰かが使っていたものだ」

これを聞いて改めて、瓦礫という言葉が嫌い、と言った友人の気持ちが分かった気がしたし、不用意に口にしてはならないとも思った。


この文章を書いてからどのくらいの月日が流れただろう。今年は東日本大震災から五年経ったことになるのだから、四年余りか。

最近読んだ本が『救命――東日本大震災、医師たちの奮闘――』というものだった。

これは、医師であり作家でもある海堂尊の監修である。

今回、九人の医師の当時の取り組みが書かれたものを読んで、初めて知ったことが多かった。身元不明の検死に、歯科の所見が欠かせないということも再認識したひとつだった。これは、西田敏行主演の『遺体』という映画の中でもあったが、実際の医師の検死の方法などについての実態、言葉は重かった。

巻末に海堂さんの一文があった。それによると、海堂さんは、震災後約一カ月の二〇一一年四月下旬に、日本医師会の医療視察に同行したのだという。そして作家として「すさまじい津波の破壊跡」などという紋切り型の表現に逃げ込むことは敗北だと書く。そこに「瓦礫」という言葉が出てくる。

足を止めた私の目に、たまたまふれた瓦礫に光を当てれば、それは「瓦礫」ではなく、持ち主が生きた証であり、その人が大切にしていたもの、ゴミ箱行きの予定のもの、人目に触れぬように隠し持ったものなどが、混然一体と存在していた。（中略）

被災していない人間は、どんなに頑張っても被災者にはなれない。それこそが天がこの地に引いた、冷酷な境界線の正体だ。そして瓦礫という表現を使う人間は、間違いなく境界線の外側の人間だ。自分の家の「瓦礫」を人は決して「瓦礫」とは呼ばない。

友人、お寺の住職の言葉で、ああそうだなあとは思っていたが、今回『救命』を読んだことによって、私はなお一層「瓦礫」という言葉の重みを感じるようになってきた。

倒木

この冬は、例年にも増して、荒れた天気の日が続いた。特に東北、北海道の雪や風などには何度驚かされただろう。瞬間最大風速四〇メートルを超す。台風並み、いやそれ以上だ。

テレビ画面には、横なぐりの雪の中を進む人たち、雪かきに追われる人々の姿などが流れた。その中にはもちろん高齢者も見かける。大変だろうとチクチク心が痛みながらも、宮崎に住んでいてよかったと心の中で思い、時には口にも出した。

ところが二月末、宮崎県にもめずらしく強風注意報が出た。私はその日、外出していたが、正面から突然強い風が吹き、歩みを止めた。雨傘が風に吹き上げられ、さかさまになり、使い物にならない映像がよくテレビで出てくる。が、その日、雨は降っていなかったので幸いだった。街角に立っている「交通安全」と書かれた旗が、真横にはためいていた。

翌日朝早く、電話の呼び出し音が居間に響いた。受話器を取ると、実家のある西都市の家の近くの方からであった。我が家の上の畑の敷地内にある、根元の幹回りが約一二〇センチの樫木が、途中から折れて倒れ、道路をふさいでいた。そこで近隣の人達で道路を通れるようにはしたが、枝が散乱しているので……といったことである。

私はびっくりした。さいわい夫が、前日風が強かったので、畑や家の周辺の様子を見に行こうと、準備していた時だった。それで、私が電話を切ると、すぐに出かけた。

私は、コーラスの練習日だったので行かずに、午後帰ってきた夫に話を聞いた。さらに携帯で写真を撮っていたので、それを見せてもらう。枝を切り落とした幹の根元の直径は七〇センチほど、長さは一〇メートルというところだろうか。それにたくさんの枝が付いていたはずだが、それらは切り落として一カ所に集めてあった。

夫から聞いたところによると、地区の公民館長が、市役所に連絡してくれたということで、翌日、西都市役所から我が家に電話があった。「倒木の処分については、所有者の方でしてください」との内容である。つまり、道路は通れるようにするが、後の始末は所有者でということだった。

次の日私は、現状を知っておく必要があると思い、夫と共に出かけた。夫は、枝を細かく切り、束ねる仕事から始めた。それは平らな所ではなく、足場の悪い斜面での細切りだ。その近くをよく見ると、倒れた木の幹の中央部分がスカスカになっているのが見えた。これでは強風に耐えられなかっただろうと思えた。

私は、中心になって世話してくださった犀川さんに残念ながら会えなかったが、感謝の気持ちでいっぱいだった。両親が生きていた頃には、地区民として交流もあったはずである。幸いなことに夫は、一年の半分以上、実家の近くに出かけて仕事をしているので、ご近所の方々との声の掛け合いがあるのだ。一方私は、畑の野菜、栗、柿、ミカン、椎茸の収穫、そして墓参り以外に出向くことは少ない。ただ挨拶をし、ちょっとした立ち話をするぐらいだ。

三日目、話を聞いた息子が手伝うと言ってくれたので、夫と一緒に軽トラックで出かけ、道路の端に集めてあった枝葉を積み、八回ほど畑に運び上げたという。細く見える枝でも生木なので結構重いはずだ。トラックへの積み下ろしも大変だったろう。私は、椎茸のコマうちのために切られたクヌギの原木を抱えることがあるが、見かけによらず、はるかに重いものなのだ。

その後も夫は、道路が元の状況になるようにと片付けに通った。その間、畑の仕事、例えばラッキョウへの追肥、ジャガイモの種入れなどもこなしている。さらに、私からの要求で大根、蕪、ホウレンソウ、そしてミカンの収穫などもしてくれている。

倒木から一週間経ったが、まだ最大の仕事が残っている。一番太い幹の細切りだ。業者に頼むにしても伝手が無い。再び犀川さんを頼って話を持ち込む。すると「私達が数人でやるから、心配せんでいいが」と言ってもらえた。本当にありがたかった。そしてその作業を予定している日を知らせてもらった。

それは幸いに日曜日だった。夫は八十歳を過ぎ、そろそろ代替わりも考えられる。今後のこともあるので、息子も顔合わせのために一緒に行くことにしている。今から地域の方々のお世話になることが増えていくだろう。

機会があれば、「皆さん、息子のこともよろしくお願いします」と心からお願いしたいと思っている。

楽しめた曲

二〇一八年九月、メディキット県民文化センター・アイザックスターンホールで行われた「コーラスinみやざき　合唱の祭典」では、十七曲歌った。

そのうち楽譜を見てよかったのは六曲のみ、残りは暗譜だった。これまでどこかのステージで歌ったものは、さほど不安は感じないのだが、新しいものは、それなりに頭を悩ませる。歌詞、メロディー、そして表情記号や速度の変化などだ。

一冊丸ごと暗譜と言われたのは「メリーちゃんのひつじ」という題名で、なかにしあかね先生の日本語詩・作曲によるものだった。

注釈によると、イギリスに伝わるマザー・グースの楽しい詩を、あらためて日本の子どもたちと味わいたいと、合唱曲にしたとのことだ。

さらに、世界で一番有名な羊の詩は、新しいメロディーと原詩に近い日本語詞をあらたにつけて表題曲をはじめとする組曲で、全五曲ある。プログラムには、楽しく親しみやすく、すぐに口ずさめるような歌ばかりです、とも強調してある。コーラスinみやざき楡の会に所属しているのは九団体だが、「メリーちゃんのひつじ」は合同演奏だ。

指揮者は辻秀幸先生。それは事前指導に来られた時のことだった。なかにしあかね先生の義兄に当たると言われた。父親、そして三人の兄弟が音楽家、そして伴侶も、と音楽一族なのだ。

指導法もユニークだ。表情も体型も豊かで、時の過ぎるのを忘れるほどだった。そのなかで忘れられないのが次のことだ。

「メリーちゃんのひつじ」の最後の部分に「メリーちゃんのひつじ、どうしてそんなにメリーちゃんがすきなの？　それはね、メリーちゃんがひつじをだいすきだからよ」というところがある。辻先生が真面目な顔で「最後の、それはねのところから『ひ』の文字を抜いて歌ってくださいと言われた。

一瞬何だろうと思ったが、すぐに「じゃあいきますよ」と初めから歌わせられた。そしてその部分に来たら「はい、ここから『ひ』をぬいて！」と早口で言われた。言われたとおりに歌ったものの「なんで？」「何の意味が？」と思ったが、ニコニコ顔の先生を見て思い当たり、笑い出してしまった。「それはね、メリーちゃんがつじを（辻先生のこと）だいすきだからよ」となったのだ。思わず顔がほころんだ。

また「ABCのうた」というのがある。「ABCのA、アップルパイがありました」のように関連ある言葉で進むのだが、「G」でご用はあとで、「GO！」と歌い、「H」はい！　いただきますと音を付けて歌い、最後は音程なし、全員で「いただきます‼」と自由な高さでいう。

このほか「プッシーキャット」は、猫の声などを入れてのコミカルな曲。「ウィー・ウィリー・ウィンキー」は、子どもに早く寝ないと妖怪が来るぞーと怖がらせるように歌うこと、と指示が出た。そして「コール王様」は孫に聞かせるように歌ってほしいと言われた。

そして、アンコール用に用意されたもので「びりからいっとう」という曲があった。これまたコミカルな曲で、北九州の八幡生まれで、幼稚園勤務の傍ら、詩や童謡を書き始め、五年生の国語の教科書に「フキノトウ」が採用された水上多世（みずかみかずよ）作詩、なかにしあかね作曲のものだ。

こだぬき豆ちゃん運動会
こだぬき豆ちゃん運動会
お山の春のはらっぱで
頭に椿が白帽子
あしはほそいしおなかはまるい
おまけにしっぽがじゃまになる

（中略）

びりっこ豆ちゃんうしろむけ
うしろむいたら一等賞

この曲の練習の時、辻先生が「足は細いし、おなかはまるい、おまけにしっぽがじゃまになる」の部分を自分の体のその部分を指し示し、腰を振りながら指揮をされた。友達と、「本番でもされるのかなあ」「まさかあ」と笑いながら言っていたら、本番でもばっちりだった。これでまた私は、笑顔になった。

歌う時の顔の表情として、頬を上げて！　とよくいわれる。口角を上げてとも注意される。顔の筋肉が重力に負けて下がるようでは音程も下がっていくし、聴いても楽しくないと言われるのだ。しかし、歌詞が頭に入っていないと、こわごわ歌うので遅れ気味、下がり気味となる。

演奏会が無事終わり、数日たって台所に立っていた時、私は、これらの曲を口ずさんでいるのに気付いた。「メリーちゃんが辻をだいすきだからよ」と歌ってはニヤリ。夕食の時「いただきまあす」と言っては、「G、ご用はあとで……」と頭の中を歌詞が通っていく。何かをしていて気が付くとどの曲かを歌っているのだ。

演奏会が終わってから口ずさむというのは、今までにもあった。が、今回は特に、合同曲は楽しい曲が多く、自分も楽しみながら、会場の皆さんにそれを伝えたいと思ったせいか、違う曲の歌詞が次々に口をついて出てくるのだ。楽しく覚えていったおかげだろう。

今からも、会場に来てくださった方々に想いを届け、共有してもらえるように歌える努力を、重ねていきたい。

高齢ドライバー

「気をつりてね」

「気をつりろよ」

これは、ここ数年前から車で出かける時に私達夫婦の間で交わされるようになった言葉である。

私の実家は、いま住んでいるところの北西部に隣接する西都市にあって、我が家から車で五十分ほどかかる。そこには両親より引き継いだ畑、山林、家屋が残っていて、夫はその畑に季節ごとにそれに応じた作物を育てている。庭の植木の剪定などを入れると、年間二百日ほど通っているだろうか。

通い慣れているとはいえ、途中細い山道もあり油断してはならない。私もたまには軽トラックの助手席に乗っていくのだが、結構スピードを出して走って来る対向車もあり、思わず車中で体を左に傾けてしまう。

私自身が車で出かけるのは、近くの町中が多い。以前は友人のいる日向市、都城市など、片道五〇キロ以上ある所へも、何の迷いもなく、当たり前に走っていたし、運転技術もそれなりにあると自負していた。

私が普通車の免許を取得したのは昭和四十三年、約五十年まえのことだ。それ以来ずっと、通勤、帰省、行楽その他に利用している。車種は軽、普通車、軽と変わったが、私の足として便利に使ってきた。

ところが二年前の平成二十七年十月二十八日の午後三時近く、宮崎市である事故が発生した。鹿児島県の七十三歳の男性が運転する軽自動車が、宮崎市山形屋近くの交差点から高千穂通りの歩道に入り込み、宮崎駅の方向に七〇〇メートルほど走り、十代から七十代までの男女六人を巻き込み、駅前で横転したのだ。

私はその時、たまたま近くの交差点に信号待ちで止まっていた。目の前の信号が青になっても車列は動かず、何事が起こったのかとは思ったが、事故の様子を見ることもなく、はっきり分からぬまま別の道へ迂回して帰った。詳しい事故の内容を知ったのは、夕方のテレビ報道を見てであった。運転していた男性には持病があったという。死亡者も出たとのことで、救急ヘリが駅前に下りた異常事態も映っていた。

その頃からか、いやもう少し前から高齢者の運転について警報は出ていた。さらに運転免許証の自主返納が好ましい行為として推奨され、しばしば報道されるようになっていた。

こういう時、高齢者の運転は是か非かという二者択一で考えられがちである。結果は分かり易いかもしれないが、当事者となると、問題は個別性が高く、一様に白か黒かとはならないと思う。公共交通の便が悪く、運転せざるを得ない人達も多いからだ。

それにも関わらず、新聞でもテレビでも高齢者は、周囲に気を配り、心してハンドルを握ってほしいという言葉を見聞きすることが多くなった。その事故以後も、高齢者運転の車が店に、病院に、突っ込んだ。アクセルとブレーキを踏み間違えた、という事態が後を絶たない。

今まで意識せず、というのが正直なところで、自信を持って走っていたのに、世の中で騒がれるようになって、逆に怖く感じるようになった。これは私だけだろうか。

そう思っていたら、最近の新聞の投稿欄に七十四歳の男性の次のような文があった。

「運転免許証返納の大合唱に憤りを感じるのは、高齢ドライバーをばかにしたような風潮を感じるからだ」

そして、

「長年の実績に対して称賛は受けても、侮辱的な表現には強い憤りを感じている」

と、結ばれていた。これを読み、私は同感だった。

さらに、ノンフィクション作家の柳田邦男さんの「私が80歳で運転する理由」という文章には高齢ドライバーの一般的特異性として、判断ミス、操作ミスが挙げられていた。そして「自分は、事故防止に自分なりの様々な心得を脳みそに刻んで、その一つひとつを実践している」というのだ。

「『だろう』運転では事故になる。『かもしれない』という想像力を働かせよ」がその心得の一つだ。細い路地からの飛び出しはないだろうではなく、飛び出してくるかもしれない、と考えることの必要性を説いている。

想定外を想定せねばと、分かってはいるが、今まで半世紀以上運転してきた私である。そんなつもりはなくても、知らず知らずのうちに傲慢だと思えるような運転方法をとっているのかもしれない。それを戒めるためにも、私達夫婦間のお互いの安全を祈る短いひと言が始まったと思っている。

「行ってらっしゃい、気をつけてね」

平和への想い

胸の拍動が頭に耳に、伝わってくる。

落ち着かなきゃ。私はもう一度深呼吸をして、ステージ上から会場を見渡した。私達の出演順はプログラム10番と朝早かったので、満席ではない。が、人の姿が見える。今からこの人たちに歌詞の一つひとつを正確に伝え、想いを届けたいと心底思っていた。

私が立っているのは福岡県飯塚市のコスモスコモン大ホールのステージ。第40回全日本おかあさんコーラス九州支部大会でのことである。

私は、宮崎はまゆうコーラスの一員だ。歌う曲目は、谷川雁作詩・新実徳英作曲の「壁きえた」と金子静江作詩・鈴木憲夫作曲「平和という果実」の二曲である。

プログラムには、私達のコーラスの代表者が次のように紹介していた。

「今、世界中で目を覆いたくなるような悲惨な事故や事件が日々報道されています。また多くの国のリーダーが替わり、日本へのいろいろな影響が考えられます。これからの日本や世界はどこへ向かっていくのでしょう。人の意志によって起きる事件や紛争は避けることが可能です。皆がお互いを思いやり、平和を願う心を持つことが大切だと思います。平和な日々を皆が送れますよう、祈りを込めて歌います」

まさにこのとおり。世界の平和を願うなどというと、なんとオーバーな、何が出来る？　という考えを持つ人もいるかもしれない。しかし私は、この二曲の持つメッセージ性の重さ、意義を考えると、いつも身の引き締まる思い、鳥肌立つ感じがする。と同時に、なんとしても今、この時だからこそ、この思いを聴衆に届けたいという気持ちが高まっていた。

「壁きえた」は、東西ドイツの分断で出来た壁が崩壊し、統一がなされたことが歌詞になっている。私達コーラス部員は、事実を知ろう、想いを深め、高めようという指揮者の考えのもと、出された宿題に挑戦した。それは、歌詞から想像できる情景や、想いを絵に表現することだった。

数日後、大小さまざまな大きさの画用紙に、歌詞の「生きてあえた」のところから、抱擁している様子を描いたものや、握手をしている姿が描かれたものが提出された。さらに、ブランデンブルク門の近くで万歳をして、東西の壁の崩壊を喜ぶ人の姿などが描かれているものもあった。

私はというと、絵を描くことに苦手意識があるので、色々な写真、カレンダーの絵などを切り抜いて、第二次世界大戦後、ドイツが分断されていた頃と統一された後の、当時の事実を表現し、「生きてあえた」の部分は二人の少女がおでこを合わせて微笑んでいる写真を切り抜いて使った。それらの絵は本番近くの日まで、リーダーによって練習会場に運ばれ、展示され、コーラス部員の想いを深めることに一役も二役も買った。

このように自分自身の気持ちも高めていくなかで、六月十七日「ドイツ統一の父」と呼ばれたヘルムート・コール元首相が亡くなった、という報道があった。コール氏は一九八二年に西ドイツの首相になった。一九八九年にはベルリンの壁が崩壊し、翌年東西ドイツの統一を成し遂げたのだ。その後、十六年間にわたり首相を務め、それればかりでなく、ヨーロッパ統一の礎を築いたと言われている。元首相の死去に対し、ソ連最後の最高指導者であったゴルバチョフ氏が、感慨深げに語っている姿がテレビ報道で流れた。日本の中曽根元首相はコール氏のことを、「果断な行動力の持ち主であった」と表現していた。

数カ月にわたる練習過程で、お互いの学んだものを心に秘めた私達三十七名を乗せて、六月二十三日、貸し切りバスは飯塚市へ向かった。その後、練習会場での声出しを済ませるとホテルに入った。

「にしとひがし　そらをつなぎ……」

私たちは歌い始めた。壁がなくなり、その喜びを「いきてあえた」と歌う。さらに「おかのはてに　さくはいらぬ」と続く。歌いながらみんなが描いた絵が頭をよぎった。想いを込めて言葉で伝えようと丁寧に歌った。

そして二曲目。「平和という果実」

そこには「平和を希う心を育てよう」と、世界の子どもたちに呼びかけ、「平和という果実を大切に守ろう」と、胸に迫る言葉が並ぶ。

会場のどこかで孫娘と私の高校時代からの親友が聴いているはずだ。今の世界の状況を考え、孫が生きていく時代こそ、皆が平和な時を過ごせるようにと祈り、願いを込めて懸命に歌った。

この歌は、途中から手話をしながら歌うように工夫されていた。それに気を取られて、歌声が貧弱にならないように、と注意を受けながら、今まで練習を重ねてきた。私は、手話を入れることにより、歌に込める気持ちが一層高まったと思っている。

私は、二十数年のコーラス活動で、数え切れないほどの曲を歌ってきた。が、今回ほど事前に学び、考え、ステージに立ったことはない。

最後に、「大切に守ろう」と祈りの姿勢で歌い上げる時、ぐっと胸にこみ上げてくるものかあった。思わず涙がこぼれそうになったし、達成感で震えそうになる身体を感じた。が、何とかそれに耐えて演奏は終わった。

会場が一瞬静まり、少しの間を置いて観客席から大きな拍手が起こった。私は、改めて会場に目をやった。そして、数人の観客のしぐさから、想いが伝わったと確信したのだった。

第二章　われは昔のわれならず

呼び名の変遷

今、コーラスグループで練習している曲の中に、阪田寛夫作詞、大中恩作曲で、皆さんにもよく知られている「サッちゃん」というかわいい一曲がある。

サッちゃんはね、
サチコっていうんだ
ほんとはね

と始まる。そして

だけどちっちゃいから
じぶんのこと
サッちゃんてよぶんだよ

と続く。

私は、自分のことをどう言っていたか、周囲からは何と呼ばれていただろうと振り返ってみたくなった。

私の名は「千佐子」、小さいときは自分のことを「チャコちゃん」と言っていた。母親がそう呼んだから自分も言い始めたのだろうが。

「チャコちゃんはおりこうさんだから、おねしょをしません」と、寝る前に布団の上で三回言わされていた記憶がある。自己暗示を狙ってのことだったのだろう。台湾の疎開先淡水で我が家に一緒に住んでいた方は、九十歳を超えておられるが、今でも会うと布団の上でのこのセリフのことを話される。私は、恥ずかしいので聞き流すことにしている。

小学生の時は「千佐子ちゃん」と呼ばれていた。数十年ぶりの同窓会でもそのように呼ばれ、私も「○○ちゃん」と自然に口にしている。そのことにより数十年前に戻れ、懐かしさを感じるのだ。

中学生になると、「中武さん」に変わった。名字で呼ばれることにより、自分が成長したように思ったし、幼児性を抜け出たように感じていたのだろう。

二十四歳で結婚した。そして金婚式も過ぎた。夫は私のことを何と呼んできたかというと、残念ながら名前で呼ばれた記憶がない。初めは「ちょっと」だったろうか。そのうちに、「おい」が定番となっていった。「私は甥ではありませーん」等と茶化しながらも受け入れてきている。話の中では「あんた」だったり、「おまえ」だったりする。

一方、私は、夫のことを呼ぶのに初めは、「先生」だった。これは私が職場結婚で、普段そのように呼び、当たり前だったからだ。しかし、「先生はないじゃろう」と言われ、恥ずかしながら憧れていた呼び方、「あなた」に変わっていった。

では我が家の子どもたちの呼び方はどうだろう。娘のことは、名前の「子」を取り、ちゃんを付けて呼んでいた。今姪っ子からは「マーちゃん」と呼ばれているようだ。息子は「ター坊」と呼ばれ大きくなった。中には「ターちゃん」と言った人もいた。

私は、母親としてどう呼ばれてきたか。わが子が話せるようになってからは「ママ」だった。夫は「パパ」だ。がらでもなく、面映ゆい気もしたが、破裂音で発音しやすいのでそうした。

しかし、上の子が小学生になるのをきっかけに「おかあさん」に変えた。同時に、四歳下の息子もそこからは「おとうさん、おかあさん」だった。子供たちが家庭を持って離れてからも、私は、時折夫のことを、「おとうさん」と呼んでしまう。が、二人でいるときは使わないように心掛けている。

二十年ほどの時が流れた。孫が生まれ、なんと呼ばせるかということを考えた時、「ばあちゃん」は気乗りがしなかった。そこで、「ば」を抜いて「あーちゃん」にした。夫は「じっじ」である。

この呼び方で来たのだが、孫娘が高校生になって、市民文化ホールのホワイエで、しかもたくさんの同級生のいる前で、「あーちゃぁん」と大きな声で呼び掛けてきた。言わせたのは私なのに、なぜか私の方が恥ずかしかった。

自分の名前を下の名前で呼ばれると嬉しい。その名前で呼ばれることが当たり前だった頃の自分に戻り、楽しいひと時を過ごすことが出来る。道具もお金も必要ない。呼び方ひとつで幸せになれる。

突き付けられた現実

私は、その本について、事前に書評を読むでもなく、何の予備知識があるわけでもなかった。が、書店で平積みになったものの中から一冊を取り、パラパラとめくった。文字のポイントが大きくて、読みやすそう。装画も愉快だ。よし、とすぐに買うことにした。

こうして読み始めたのが『九十歳。なにがめでたい』だった。著者の佐藤愛子さんについては、わずかな知識しか持っていない。サトウ・ハチローが異母兄にあたり、作風としては身の回りの人物、事件をユーモラスに綴る作家だということぐらいだ。文体への期待は裏切られないはずだと思った。

読み進めると案の定、ここまで書くか、とあきれたり、さすが！　と溜飲が下がる想いがしたりと、私は留まるところを知らず突き進んでいった。

その中の一項に「老いの夢」と題するものがある。行き着くところの夢は「ポックリ死」なのだが、それ以前に先ず老化現象の一つとして、聞こえにくい、聞こえないということが出てくる。

そこには、今、私に起こっていることがそっくりそのまま書かれていた。私が自分の耳の異常に気付いたのは、佐藤さんと同じで、テレビの音量からだった。

夫は私より三つ年上なのだが、私よりずっと小さな音量で聞いている。一緒に視聴していて、私は、画面に文字が出せるときは、リモコンを操作する。しかし、ニュースはその場で文字化するため、音声より少しずれて後から文字が出る。そして画面を邪魔する。それで「文字消していいよ」と声を掛けることになる。

著者は、当初、若い女性タレントのおしゃべりが聞こえにくいのは、アナウンサーのように、発声、滑舌の修練を積んでいないから自分の耳を通り過ぎていくのだと思ったという。

男性で聞き取れないと、「声が腹から出てないからだ。男ならもっとハキハキしろ」と毒づいていた。が、自分の耳に問題あり？　と医者に行き、二十代の人の半分しか聞こえていないと言われたそうだ。

私も病院に行き、聴力検査をしてもらったのだが、補聴器を使うかどうか境界線上だと診断された。私が聞こえにくい状況にあるというのは、残念ながら見た目には分からないだろう。

老眼になってきたら、当然のように眼鏡を使用するから周囲の人にも分かる。が、耳が聴こえにくくなっても、周りの人にはすぐには分からないと思う。即補聴器とはいかないのだ。何故だろう。抵抗があるのは私だけだろうか。

聞こえていないのに、「もう一回言って」とか、「今なんて言ったの」と問い返すのに気が引ける。そのうち自分が情けなくなってくる。分かったふりして頷いたり、笑いで誤魔化したりしている。開き直って「すみません、聞こえてないんです」となかなか口にできないのだ。

以前、コーラスの場では「すみません、もう少し大きな声でお願いします」と言ったこともある。また指揮者が発言者に、「みんなに聞こえるように大きな声で言いなさい」と助言されることに助けられたこともあった。

病院や薬局で、担当者がマスクをしていると余計聞こえづらい。しかしそこでは、一対一なので「すみません、難聴気味なので大きい声でお願いします」と言える。とはいっても、威張って言えることではないので悲しくなってくる。

「なってみなきゃわからないよ」と言ったコーラスでの先輩の言葉があらためて思い出される。

私は今、練習が始まる前に補聴器をつける。指導の内容を聴き落とさないためだ。ところが、注意事項を受けて歌い始めると、周りの声が耳に響き過ぎる。早く言うとうるさい。しかし、補聴器を付けたり外したりするのは出来にくいのだ。

さらに困ったことが起こってきている。それは自分の歌っている声がどのくらいの音量なのか測りかねるのだ。周囲を聴きながら合わせるのが合唱なのに、それができにくい。こういう状態が続くと、自分が情けなくなり、気持ちが落ち込んでいき、その場から逃げ出したくなる。帰りたくなる。

前述した先輩は、「私は補聴器つけてまで歌おうとは思わんとよね」と語っていた。こういう私がいてはいけない場所なのだと思うことが最近多くなった。

ただ単に難聴気味というのでは片付けられない。現状を事実として受け止め、どうするか。開き直っていくしかないのだろうか。

私はまだ七十歳の後半だ。愛子さんとは違う。でも突き付けられた現実は厳しく、対応策はまだ見つかっていない。

大失態

我が家の畑で毎年この時期とれるものに、ナス、キュウリ、オクラ、トマト、ゴーヤなどがある。これ等のものは、我が家だけではとても食べきれないので、おすそ分けすることになる。その先はご近所や友人だ。

私は趣味で、コーラスをしている。コーラスの練習日は月曜、木曜と週二回である。そこで収穫は出来るだけ日曜、水曜に行う。と書くと、私が収穫に出かけているように思えるだろうが、そうではない。殆どが夫の手によっている。

畑は、車で四十五分ほどの所にあるので、作るのも、管理するのも、収穫するのも大変だ。このような愚痴をこぼすと、作らなきゃいいじゃないと言われそうだ。しかし、畑を荒らすわけにはいかないと夫は言う。猿や鹿、アナグマなどが荒らすことがあるのだが、ネットやビニールを張ったり、案山子のようなものを置いたりして、被害を少なくする工夫もしている。

今年はゴーヤが大豊作だった。今までは普通の家庭でやるグリーンカーテンのようなやり方で作っていた。が、今年は夫がビニールパイプでトンネルを作った。横幅一・一メートル、奥行き六メートル、高さ一・八メートルのものだ。その両側にこれまた夫がネットを張り、苗が植えてある。トンネルの中央を通ると、左右、真上にゴーヤがたくさん下がっているのだ。

私はある日曜日、一緒に収穫に出かけた。ゴーヤ二十本近くがとれ、明日はいつもより多くの人にあげられると思えた。

次の朝、私は食卓の上にゴーヤを大きさ毎に並べ、大小二、三本を組み合わせてビニール袋に入れて準備した。普通のゴーヤというのはご存知のように苦い。その苦いところがおいしいのだが、全く食べない人もいる。夫がその筆頭だ。息子、関東育らの嫁も苦手のようだ。それであげる時には、先ず食べるかどうかを聞いてからということにしている。

コーラス仲間で、昨年までに聞いていていて、食べることが分かっている人には、「もらって」と渡す。たまにはレシピや、市販されているチャンプルーの素と一緒にである。

先日もいつものように車に積み、我が家から五、六分ほどで着く宮崎市民文化ホールへ向かった。既にいつも早く来るメンバーがホール入り口の椅子のところにいた。そこで声掛けをして二袋はけた。

九時、練習室に入ってよい時間になった。中に入り、肩に掛けていたバッグを下ろし、手に持った袋を床に置いた途端、忘れ物に気付いて、「えーっ」と口には出なかったものの慌てた。なんとゴーヤの入った袋はあるものの、コーラスで使うたくさんの楽譜を詰めた鞄が無い。

「わたし、何やってるんだろう。いやそんなことを言っている場合じゃない、帰ってこなきゃ。何しに来たのよ、練習日だよ今日は」

焦った私はバッグを肩に掛け、急ぎ足で、いや時々駆け足になりながら、駐車場に向かった。途中何人かの仲間に会い、声を掛けられた。

「どうしたと？　忘れ物？」

「うん、ちょっと帰って来るわ」

車の中に忘れ物をしたのかと思った人もいたようだ。

私は、「慌てない、あわてない、事故にならんように。遅刻したってどうってことないから」と自分に言い聞かせながら、車に乗り込んだ。そして途中の信号が青であることを願いながら車を走らせた。玄関の戸を開け、部屋へ上がる。楽譜のいっぱい入った鞄はいつものところにちゃんと置いたままだった。奪い取るようにして持つと、再び駐車場へ向かった。

練習会場が見えてきた。私の属しているアルトは、部屋の出入り口に一番近い場所に席がある。靴を脱いだ。扉のガラスから中を覗くと、まだ始まっていない。しめた、誰からも何も言われないで済みそうだ。滑り込みセーフ。私は何食わぬ顔をして、後ろの端の席に着いた。

それにしても私は何をしにコーラスの場に行ったのやら……。自分の大失態を思い、苦笑いをかみしめていた。

「おはようございます」

当番の声が響いた。練習開始だ。

幻の一本松

――東北の被災地を訪ねて――

東日本大震災から五年が経った。五年前のあの日私には、テレビ映像を見ながら、大変だ、わぁ凄い、といった言葉しか出てこなかった。私に何ができるか、そう自問してみても何もできそうになかった。ボランティアとして出かけるわけでもなく、ただ義援金を送り、街頭の募金に応じたのみだった。

私は、あの日以来、被災地に行きたいとずっと思っていた。物見遊山ではない。同じ日本人なら皆同じような気持ちにとらわれるのではないだろうか。

その思いがようやくかなって、私は今回、「大船渡・陸前高田市・釜石の被災地と三陸鉄道乗車体験」という旅に出かけることになった。宮崎から六夫婦の十二名、そして鹿児島からの人達と羽田で合流して二十四名のツアーだった。初日は予定通りのコースでまず花巻温泉に宿泊した。

旅行では、天候が一番気になるものだが、一週間ほど前からは天気予報を見ていても、東北の天気ばかり気にかかった。もちろん出発の日も風が強く、さらに東北の方は、台風並みの三十メートルほどの風が……などと聞くと、わぁ大丈夫かしらと思う。旅の中日は、全国的に雨の予報が出続けていた。覚悟していかなきゃと雨具の用意もした。

「へば、出発します」

ガイドの秋田弁の一言で、バスは花巻のホテルを後にした。二時間かけて大船渡、そして陸前高田の見える高台に来た。でもそこには建物の姿なんて何もない。街があったとガイドが言うが、そこにあるのは、土が積み上げられた、いわゆる盛り土の風景、それも聞けば仮置きの状態だという。土を盛ったからといって、すぐにそこに建物が建設されるわけではない。今、仮設住宅や学校があるのは、山の方の高台である。

陸前高田市の人口は三万から一万九千に減少しているという。ガイドの説明によると、一八〇〇人を超える死者が出て、現在も行方不明者が二〇五人、今も仮設住宅に住まう人が三〇〇〇人ということだった。

バスが広い駐車場らしきところに入った。そこには高い建物があった。津波にのまれる前は、ドライブインだったたという。今や震災遺構ということで残されているのだが、建物前面の上部には道の駅・高田松原とあった。

そして、その建物の左上の方に、津波がこの高さまで来たという赤い文字の表示が見える。そこは、一四・五メートル。見上げてもはるか上で、あそこまでの波？　建物も人の命も、ひとたまりもなかったはずだと、思わず息をのんだ。

バスを降りると、広場の向こうにある建物から、一人の男性が私たちの方に歩み寄って来た。添乗員が「語り部の河野さんです」と紹介した。その人についていくと、一階建ての小さいが新しい建物に案内された。入り口には「追悼施設」と書いてある。一度に、四、五人しか入れないところだが、碑があり、花が供えてあった。「お参りしていただけるとありがたいです」という河野さんの言葉を聞きながら、私はバッグの中をまさぐった。家から数珠を入れてきたのだ。それを取り出して頭を垂れた。

そのあと河野さんが連れて行ったのは、「陸前高田復興まちづくり情報館」という場所だった。中に入ると、壁の殆どが写真を貼ったパネルで覆われていた。津波が来る前の風景、そして襲われた後どのように変わったか、という写真などである。部屋の中央には切り倒された木の根が上下さかさまに展示してある。説明によると、七万本もあったといわれる松の木が殆どなぎ倒され、折れ、裂け、流されたが、その後に残った松の木の根を掘り起こしたものがこれであるということだった。

岩手県陸前高田市といえば、「奇跡の一本松」として報道されて知られるようになった所で、今回の旅で私が絶対に見てみたいと思っていたのは、この復元された一本松だった。

私は、この旅に一冊の女性合唱曲集を持ってきていた。それは『つぶてソング第2集』というものだ。詩を作ったのは、福島県在住の高校教師、和合亮一さんだ。東日本大震災では自らも被災しながら、現場からツイッターで「詩の礫」として想いを発表し続けた。それを読んだ作曲家の新実徳英先生が曲を付け、合唱曲集としたものである。

第2集は、六曲からなる。その三曲目に、「失うことは悲しい」というのがある。

失うことは悲しい
木が倒されてしまって　そこに
何の姿もない
でも姿のない　姿の　木は育っていいて

僕たちは　その木の下で
無くなってしまった　木の影を探している

だけど　影　見つけられない
だけど　悲しみは悲しい

２０１１年３月30日
（つぶてソング第２集より）

というものだ。私は、この詩と陸前高田の七万本もの松原が無くなったこと、そして奇跡の一本松ということで復元された風景が重なって心にしみた。
私がその記事を読んだのは、二〇一三年六月十三日の宮崎日日新聞だ。そこにその松のことが写真入りで報道されていた。私は記事を切り抜いて、楽譜のこの曲のところに貼った。想いを持って歌いたいと思ったのだ。

河野さんが説明されているあいだにも、雨は一層激しくなってきた。この風雨の中を歩いて一本松の所までいくのは無理と言われ、撮影スポットといわれる所でバスは停車した。が、一本松は遥か彼方、雨に煙っていた。

この松を復元するのに、一億五千万円かかったと聞いたときは驚いた。そして、河野さんは、「そんなにかけてでもやることかなあと、多少違和感を持っています」と付け加えられた。自己紹介の時に、「姉が行方不明のままです」とも言われたのが私の心に引っかかっていた。それだけの金はもっと違うこと、復興に使ってほしかったと思っておられるのだろう。

その松の枝を挿して育てているというのは、報道で知っていた。が、そのうちの一本が、「けなげ」という名がつけられて出雲に送られたという。何かほっとした気持ちにはなれた。しかし、二泊三日の今回の旅で、主目的の場所が天候の関係もあり、巡れなかったのが残念で仕方がない。

先月十四日からの熊本地震では、未だ余震が収まらず、一二〇〇回を数えている。ブルーシートの掛けられた屋根に、ひどい雨風が打ち付ける様子や、運動場に張られたテントの映像に心が痛む。地割れのひどい農地の持ち主は、今年の稲作はあきらめざるを得ないと言い、中小企業の会社社長は、移転させると数億円はかかると話していた。私は熊本にも、義援金を出した以外何もできていないのが心苦しい。

先ず知って、伝えるということで、東北へ出向いたが、アルバムに写真とともども想いを載せ、そしてこうして文章を書いている。私の出来ることは本当にないのだろうか。

大厄

私は、三月初めのある日、庭の一段高くなっているところから下の敷石に下りた時、右足をくねっとねじった。捻挫だと自分で勝手に判断して、湿布薬を貼った。初めの二日あたりまでは痛みもさほどではなかったのだが、そのうち、歩くのに不便を感じるようになってきた。

それでもしばらくは、私も齢取ったなあと足を引きずりながら過ごしていた。が、さらに痛みが酷くなり、とうとう我慢しきれなくなって、近くの整形外科を訪ね診察してもらった。すると先生からは、小指の骨にひびが入っているとすぐに言われた。しかし、痛いのはくるぶしの下の方なのだ。なぜ？　と思いながらも早く治す方法はないとのことで、自然治癒を待つことになり、湿布薬だけを貰って過ごした。

家の中では伝い歩きをすることもしばしばであった。しかし、車にはなんとか乗れたので、外に出かけることもたまにはあった。そしてひと月後、ようやく普通の生活に戻れた。

庭におりて、たったこれだけの段差のところで……と、庭の敷石の場所を恨めしく横目で見ながら、やはり私の注意不足、自信過剰かと少しは反省した。

その足もすっかり元気になった四月中旬、私は夫と東北の旅に出た。目的地は、岩手県陸前高田市。東日本大震災で大きな被害を被ったところだ。出発の前々日の夜は、熊本地震の最初の日だった。余震が気になり、留守して大丈夫かしら、と不安が募った。キャンセルした方がいいのか。もちろん旅行代金は支払い済みだ。そこで旅先から娘・息子に様子を尋ねることにして、ようやく出発することに決めた。出発当日の明け方、二度目の震度七の揺れ……私は起き上がり、それ以降眠れず一階に下りて時を過ごした。

予定通り出発はしたものの、報道が気になる。震度は？　影響を受ける地域が広がっていないか等、息子に電話した。団地にある我が家はもちろん、実家の墓地まで足を延ばしてくれたと聞いて安心し、旅を続けた。

旅の中には三陸鉄道に乗る行程が組まれていた。ここは二〇一一年三月十一日の巨大地震、そして大津波で線路も流され、大きな爪痕が残った所だ。しかし、その後、復興のシンボルとして、二〇一四年四月に一部通行が再開している。

ＮＨＫ朝の連続ドラマ「あまちゃん」が撮影されたのは宮古から久慈に至る北リアス線、私達が乗車体験するのは、盛から釜石までの南リアス線の一部だった。始発の盛駅で乗車、一両のワンマンカーだ。盛を出て五駅目の三陸で降車と聞いていたが、途中、恋し浜という駅で五分間の停車。それは撮影スポットがあるからとのことだった。ホームに鐘が吊してあり、この鐘を鳴らすと幸せになる、願い事を口にしながら鐘を鳴らそうということらしかった。

私は当初、降りる気はなかった。が、隣の席にいた現地の人らしき男性が「待合室が面白いですよ」と語り掛けてきたのでホームを見た。すると、小さな建物があり、戸が閉まっている。私は、カメラ片手にホームに降りて扉の前に立ち、その扉を開けた。すると帆立て貝の貝殻に色々な言葉が書かれたものが十個ひとまとめにして吊り下げられていた。

「頑張れ、ファイト三陸」のように、エールを送るものから「大切な人たちが皆幸せでありますように」など願い事の書かれたものもあった。その紐の数は、ゆうに一〇〇は超えていると思われた。

私はその貝殻のメッセージをカメラに収めると、車両に戻ろうと乗車口に左足を掛けた時、どうなったのか。「あっ」と声を上げる間もなく車両とホームの隙間に左脚が落ちた。左臀部横を打ちつけ、後頭部も軽くホームで打ったが、カメラはしっかり握りしめていた。

その時、ホームに降りていた同じツアーの人達が「大丈夫ですか」と駆け寄って来た。私は「あ、大丈夫です。すみません、大丈夫ですから」と言いながら左脚を引き抜き、立ち上がった。駆け寄って来た人の中には、ワンマンカーの運転士の姿もあったが、恥ずかしさの方が先立って、ろくにお礼も言えなかった。

一番痛かったのは弁慶の泣き所として知られる所で、腫れているのが分かった。添乗員が「病院にいかなくて大丈夫ですか」と数回声を掛けてくれたが、まともに歩けたので断った。その夜、ホテルの浴室で鏡に映して見てみると、臀部の方にすり傷もあった。次の日から打撲の跡の内出血が酷く、あざが消え、正常に戻るのにちょうど三週間かかった。

次は五月二日、連休前の夜のことだった。もう休もうと二階への階段を上っていたが、途中で、あ、私お風呂場の電気消してきたかなと思った。確かめるために振り返って階段を下りようとした途端、左足を踏み外して一段落ちた。その時に体勢が崩れて、左横腹のやや後ろを手すりに打ち付けた。

「あ、いたーい」と左手を当てた。そして、東北でのことを思い出した。弁慶の泣き所を打った時、私は、バスの荷物入れからバッグを出してもらい、自宅から持って来ていた湿布薬を患部に貼り付けたところ痛みが和らいだのだ。それで私は、茶の間に戻ってその湿布薬を貼って二階にあがり、その夜は休んだのだった。

翌朝、痛みもないので、早く湿布したからよかったんだと勝手に診断して喜んでいた。ところが、その夜から、咳をしたり、深く息を吸ったりすると脇腹が痛い。その度に無意識の内に手をその場所へやるようになっていた。

病院へ行って診断をと思うが、連休だ。在宅医はあるが、まったく行ったことのない所に行くほどの緊急性はない。痛みをこらえて連休明けを待ち、右足のことで診断を仰いだ整形外科へ行った。

レントゲンを二枚ほど撮られて、医師の前に行くと、「この辺りが怪しい、折れてはいないけどひびが入っているかなあ」それは肋骨。「これは自然治癒しかなくて早くて三週間から四週間かなあ、早くてだよ」と念を押された。そして湿布薬を貰い、下着の上から締め付けるサポーターを装着させられて帰った。

打った方を下にして休むと痛い。寝る姿勢も限られる。二週間後に痛かったら来るようにと言われたが、痛む場所が広がった感じがして、実際は一週間後に出向いた。再びのレントゲン。しかし、状況は同じらしくすぐに帰された。日常生活でさほどの支障はなかったが、意識しなくなるまでに一カ月はかかった。

振り返ってみると三十三歳の時が厄年だったがそのせいと思い当たる出来事はなかった。私は、今年数え年で七十七歳。人の一生の内、厄に遭う恐れが多いから忌み慎まねばならない齢を厄という。男は数え年で四十二歳、女は三十三歳を大厄と言っており、前厄、後厄などと言って恐れ慎む風がある。

齢を重ねて来て、身体のあちこちに痛みがあり、かけ声をかけて立ち上がったりはする。しかし、今回のように毎月続けてというのを大厄と言わずに、なんというのだろうか。

後悔

「今年も原木を切らんといかんとじゃけん、まだ葉がいっぱいついちょっとよね」

原木というのはクヌギの木だ。椎茸を育てるために種ゴマを打ち込む。今年は雨が多く、気温も高いせいか、葉が落ちるのが遅いのだろう。そういえば、冷たい風も吹かないので、宮崎名物ともいえる田野の大根干しやぐらも、空いたものが多く見られ、千切り大根用の棚も使われた形跡がないと報じていた。

今年は原木を切るにあたり、その木が倒れるのが他人の敷地内になりそうなところなので、ロープで引っ張ってくれるといいんだが……と夫が息子に話していた。二人で日程の調整が出来て、十二月五日土曜日、夫と息子は軽トラック、私も自分の車で西都市のその場所に向かった。

畑地に立ち周囲を見ると、杉の木立が間近にある。その手前に今日切り倒す木が立っている。上を見上げると、澄み切った青い空。思わず腕を広げて深呼吸をしていた。

暫くすると、その青い空に白い筋雲のようなものが見え、と同時にジェット機の音がした。あ、新田原基地の航空祭の予行の日だと思い当たった。そういえば去年は現場で見て感動したなあ。

そんな私の思いを知ってか知らずか、夫は着々と準備にかかっていた。三脚を木に立てかけ、登って上の方の枝にロープを掛けようとしている。夫なりの工夫で作った道具を投げ上げてだ。しかし、少し背丈が足りないのか、掛からない。

「あなた、隆士に頼んだら？」

返事はない。

「俺がやってみるわ」

と、息子も声掛けをする。下りてきた夫に代わり、段を登っていき、数回の投げ上げを試みた結果、成功して枝に掛かったロープの端を持ち、下りてきた。

いよいよ伐採開始だ。私は、テレビの映像などで、太い木材を切る時に、チェーンソーを使って、思う方向に倒している様子を見たことはあるが、実際に目の前で見るのは初めてだった。先ず、倒したい方向にV字型に切り込みを入れる。そして反対側を切ると、切り込まれた方に倒れるという計算である。ただ今回は、高さ十五メートルほどの木が我が家の敷地に倒れるためには、少し方向を変える必要があり、木の枝に引っ掛けたロープを引っ張って、ということだったのだ。

いよいよだと思い、空を見ると、ちょうどブルーインパルスが、空の一部にハート型を描こうとしていた。しかし、風が強いのか、形がハートになっていない。明日は大丈夫かなあと要らぬ心配もした。

「いいかあ、切るぞー」

という声に重ねて、チェーンソーの音が響き始めた。木の幹の中央ぐらいに刃が達しても、まだ倒れる気配はない。それでも私は、息子の後ろ側にいてロープを握り、腰を下ろして引っ張る構えをした。

頂上部分が傾き始めた。いよいよだと思ったその時、木の枝が半分ぐらい勢いよく手前に倒れてきた。私は、このまま倒れても大丈夫、我が家の敷地から出ないと思い、ロープから手を離した。ところが息子は、少しでも手前に引っ張ろうとしたものの、倒木の勢いにはかなわず、ロープを握ったまま、地上と平行の姿勢で足を伸ばしたまま飛んでいった。そして、初めに倒した木の茂みの中に体を突っ込んだのだ。それはあっという間もない出来事だった。「えーっ」と私は次の言葉も出ない。夫が、「大丈夫か」と駆け寄って来た。

息子は立ち上がったものの、右手で左腕の付け根の部分を押さえている。顔に傷はなさそうだが眼鏡がどこかに飛んでいた。「左腕を挙げてみろ」と夫は言ったが、ままならないようだ。軽トラックの荷台に仰向けになった息子を見ながら、

「離せっ！　て言えばよかったね」

「ロープを近くの木に巻き付けておいてから引っ張ればよかった」

「俺がもっと要領をしっかり話せばよかった」

夫の口をついて出てくるのはどれもこれも後悔の言葉ばかりだった。私は「大丈夫ね」の繰り返し。そのうちに息子の顔色が白っぽくなり、自分で脈を測っている。

そこで、三人で相談した結果、私が車に乗せて一足先に宮崎に帰り、整形外科に行くことになった。幸いなことに土曜日だったので、掛かりつけ医に行くことが出来た。

診察の結果は、骨と筋肉の剝離があり、固定して自然治癒を待つしかないと言われた。骨折した時のように左手を吊り、肩下十センチほどの所を幅広のベルトでキッチリ固定、という生活が始まった。私たちは、手術ではなく、顔やその他に傷が残らなかったのが何よりだったと思うことにした。

しかし、可哀想なことが一つあった。それは、青島太平洋マラソンを目指して一年間、身体づくりをし、走り込み、完走を目指して既にエントリーを済ませていたのに出場できなくなったことだった。登録料七五〇〇円を弁償すればいいというものではない。

第二十九回青島太平洋マラソン二〇一五は、十二月十三日。事故は十二月五日。医師からも出場は無理と言われたと聞いた。息子は、「また来年があるから」と言ってくれたが、悔しかったと思う。申し訳ない気持ちでいっぱいだった。

後日、再びそこに出かけた夫は、枝を落とし原木として使えるように、椎茸づくりの準備をした。どんな気持ちだっただろう。

空き家の悩み

私は今、セミナーから帰って来た。そのセミナーがあることを知ったのは、開催日の前日。

いつものようにざっと見ていた新聞の一隅に「あす宮崎市で空き家セミナー」と見出しにあるのが目に留まったからだ。入場無料、事前申し込み不要、定員は八十名。主催はどこかと見ると、県宅地建物取引業協会とあった。内容としては、県司法書士会のメンバーが空き家の相続と登記、税理士が税金関係について話すと案内してあった。

以前、ＮＨＫのニュースで、横須賀市の、老朽化により倒壊の恐れがある所有者不明の空き家を、行政代執行で取り壊す作業の映像が流れた。近所の人は、これで安心できそうですと話していた。

国土交通省によると、空き家が二七二万戸あり、活用困難だという。私自身、家に関わる悩みを抱えている。西都市にある家は、両親が生活していたままの状態で、食器棚、箪笥、本棚そして押入れとその中に入っているもの一切が始末していないままなのだ。

齢を重ねるにつれ、この家のことが気になり始めた。相続手続きはきちんとしているので、私は、今住んでいる宮崎の家と二軒所有していることになる。私たちの代で、きちんと次の世代に譲れるようにしておきたい、という気持ちはある。更地にすると固定資産税が六倍になるなどという聞きかじりの知識があったが、一度しっかり確かめておきたいという思いで、この空き家セミナーに出かけることに決めたのだった。

開会の二〇分前に会場に入ると、五名ほどの人の姿があった。前の方の席に着き、もらった資料に目を通す。定刻に始まった。司法書士は、先ず空き家の定義から話し始めた。特定空き家というのは、行政が認定するが、次の四つの条件にあてはまるものであった。

①そのまま放置すると倒壊の危険がある。

②そのまま放置すると衛生上よくない。

③管理がなされてなく景観を損なっている。

④周囲の環境を保持できない。

我が家はこのいずれにも該当しないので、特定空き家ではない。

続いて相続と登記についての話があった。私は、解体費用などメモしながら聞いた。さらに空き家問題発生の予防として、遺言のことも説明があった。その後、税金のことも例を挙げて話されたが、基礎知識のない私には難しかった。

このようにきちんとした話を聞いたのは初めてだった。質問コーナーも設けられたが、質問することが分からない私は、ただ聞くだけだった。この時会場を見渡すと満員で、入り口近くまで人がいた。これだけ関心というか、問題を抱えている人がいるのだと実感した。

今後機会があれば、学びたいと痛感した貴重な三時間だった。と同時に疲れた。

私は、家に帰り着くなり、玄関の扉を閉めるのももどかしく、コーヒーを淹れようと台所へ向かった。

消えたマイカー

梅雨の晴れ間がのぞく日に、ショッピングモールに出かけた。そこには、屋上駐車場を入れると約四〇〇〇台の車が無料で利用できるスペースがある。

小一時間、モール内での用事を済ませ、帰ろうと車に向かう。見上げる空には雲一つない。梅雨明けも近いのだろう。バッグからキーを出した。すぐにでも乗り込めるはずだったのである。

ところが思っていた所に車がない。「あれえ、ここだと思ったのに。あらら、違ったか」その時はそれぐらいの軽い気持ちだった。列を間違えたのか、いやもっと建物から離れていたかなと、私はキョロキョロ周辺を見廻した。が、見当たらない。

その日は、最初に行く文具などを扱っている店が一階の一番東側だったので、私はそこに近いところに停めたと、思いを新たに一番端から見直す。私の車はどこにでもある白っぽい色の軽自動車。とはいえ、購入して十年、九万キロ以上私の足となり、今が一番調子よく走れている気がする愛車なのだ。

車は、一列に二十台ほどが停めてあったが、一列、二列と進むにしたがって、駐車した場所の記憶に自信が無くなってきた。私は店を背に立ち止まり、「あわてない」と自分に言い聞かせ、車を停めた時のことを思い出そうとした。降りる時、タクシー乗り場に近いと思った気がする。とはいえ、そこが見える駐車範囲は思っていたより広い。

日差しが厳しく、左手を額にかざして見廻すが、やはり目に留まらない。だんだん焦ってきた。その間にも、店から出て来た人たちが、自分の車に一直線に歩いてきて、さっと乗り込むと発進して行く。その人たちから私を見ると、「この人、何してるっちゃろ、自分の車が分からんちゃろか」と思われているに違いない。そう思うと、恥ずかしさが増してきた。私は、その思いを気付かれぬよう、何食わぬ顔でただうろうろ歩き回った。額に汗を感じる。風はまったくない。

その時、車三台ぐらい離れたところから、一人の男性がキーホルダーを指に掛けクルクルと回しながら、車の間をあちこちして近づいてくるのが見えた。あ、ひょっとして私と同じで車探しかな。齢の頃も私と近いようだ。私は、味方を得たようで嬉しくなり、思いがけず顔がほころんでいた。

しかしそれも一瞬。喜んでいる場合じゃない。探さなきゃ。待てよ、ひょっとして車に鍵をかけるのを忘れて、車ごと盗られたんじゃないよね。そうだとしたらどこに届ければいいんだろう。想いは突然飛躍する。いや、落ち着いて、落ち着いて。

私はもう一度、一台ずつ端から探すつもりで、再び東側にまわった。よく見ると、駐車場の位置を示すＢ４、Ｂ５という表示が頭上に見える。私は、空港の駐車場では、車から降りた時に標識を見上げるのに、このモールでは今までにそれに気を付けたことがなかった。

最近私は、バッグを置き忘れたり、二階に上がって何しに来たんだったかと思ったりすることなど増えてきた。が、車をどこに停めたかと、並んだ沢山の車の間をナンバーで探すことになろうとは……。情けなかった。笑顔は消え、自分への自信も失われてきた。

どのくらいあちこちしただろうか。私には途方もなく長い時間に思えた。うつむきかげんになっていた私が、ふと顔を上げると、同じような軽自動車が並んでいるところに、私の車が見えるではないか。「あったあ！」私は車の側に駆けて行き、フロント部分を無意識のうちに撫でていた。

私は、運転席に乗り込んだ。車内は汗が一斉にふきだすほど暑かったが、窓を全開にして風を取り込むと、アクセルを踏み込み、駐車場を後にした。

梅雨の晴れ間の日差しが、一層眩しく、先ほどまでの不安や戸惑いは消え、愛車への想いが増した。

三院巡り

一年の経つのは早いもので、今年もあと二カ月で新しい年を迎える。年が変わると年号も変わるのではないかと思う。

新しい年になると、初詣、そして三社参りとあちこちの神社にお参りしたりする。それは良いことだが、夫は先日、三社参りならぬ三院巡りをしてきた。

齢を重ねると、体のあちこちに不具合が出て放っておけなくなり、病院のお世話になるのだ。夫は、降圧剤を飲んでいる。四十日ごとに診察してもらい、投薬を受ける。これまでその一つだけが夫の通院する病院で、あとはいたって健康であった。

ただ今年、眼科検診を受けたことにより、白内障の手術を言い渡され、九月末に実施された。術前五日から術後の詳しい治療の内容が示されて、一カ月後、やっと解放されるという段取りである。

そして、何とか通院治療も終わりに近づいたある朝、首から肩にかけて痛くて、首が回らないと言って起きてきた。そこで首の後ろから肩へ定番の湿布薬を貼ることにした。

なかなか首が動かせず、左右を見るのもままならず、身体ごと動かしていた。それでも二日目までは何とか過ぎた。

「昨夜は痛くて眠れんかった」と言う。それが連休初日。見ているのも辛いくらいだったので「新聞で在宅医を探して行こうか」と誘ってみたが、以前行った近くの整形外科がいいというので、もう一日辛抱することになった。

連休明け、首が回らないので車の運転は無理である。私が運転手を務めた。夫が受付で何か話していると、その場にいた三人の係りの人が笑っている。耳を澄ますと、「ほかに何か原因は思い当たりませんか」と聞こえてきた。受付を済ませた夫が傍に来たので「何言ってたの」と尋ねたら、「どうかされましたか」と聞かれ、「金がなくなって首が回らんとですよ」と答えたのだという。それで笑われたのだ。そして他に原因は？　と話が進んだと笑いながら言った。

その後レントゲン撮影をし、診察の結果として頸椎の六番目と七番目の間が擦れていて狭くなっており、そこで痛みが出たのだと言われた。痛み止めの薬が出た。治療・リハビリとして毎日、三種類のことをするという。顎にベルトを掛けて、牽引する。そのほか肩を温め、電気治療と称するものを施すのだ。

院内には、学校の教室一室ぐらいの広さのリハビリ室と呼ばれる、これらのことが出来る部屋がある。以前私がここに通っていた時、多くの人が来て順番を待っているのを見てきたが、そこに夫が通うのだ。腰が二つに折れ曲がったような人、杖を突いて足を引きずりながら歩く人、介護士に支えられながらそれぞれの場所に行き、必要な器械にかかっている。リハビリであり、治療である。

先日夫が「きょうは眼科、整形、内科に行ってくるわ」と朝八時に車で出かけた。眼科は時刻の予約がなされているので、それに合わせていけばいい。あとは飛び込みの形だ。患者数により、待ち時間が増え、リハビリも人が多いと、自分でやりたい治療の場所が空かないという。

それでも三院巡りは午前中で終わり、昼時には帰ってきた。各病院でそれぞれの診察を受け、薬をもらったりしてのことである。毎日の三院巡りは大変だが、明日からは二院巡りだ。私も明日は二院掛け持ちで行こうと覚悟した。

田中角栄

日本国第六十四代内閣総理大臣、田中角栄ときいて私が思い浮かべるのは、右手を挙げた挨拶スタイル、そして特徴のあるだみ声、政策的には中国との国交回復の実現だ。もちろん、負の方ではロッキード事件もある。

とはいうものの、田中総理の時代も殆ど政治に関心のなかった私。当時は仕事をしながら子育て、家事とこなしていた多忙のせいにしては、逃げだと言われるやも知れぬが、今思えばその時代は、日々の流れとともに、スーッとその時代は過ぎて行ってしまった。

今回、石原慎太郎著『天才』を読み、開眼とは大げさかもしれないが、あれだけの参考文献をもとにしているのだから、真実が多くあると思いながら読み進めていった。

古くは豊臣秀吉と同じで、田中角栄は一介の農村の出身でありながら、一時期とはいえ天下を支配したのだから、驚きには値すると思われる。彼の場合、農家ではなく、土木、土建といった方が正しいと思うが、一輪車を押し、土砂を運ぶという仕事をしながら、築いていったのだ。

私は、この本を読む前に『田中角栄100の言葉』という本を読んでいた。それは、右の一ページに言葉が書かれ、左の一ページにそれに関する写真と、三分の一ほどの所に解説文が載っていた。

その中のいくつかには、そうだよねと頷くものがあり、そういう一貫した考えや立場からなりの誤解もあり、政界引退もやむをえなかったのかと思ったりもしていた。

田中角栄は、昭和四十七年に内閣総理大臣となり、多くの法律を作っていった。その数は驚くほど多く、内容的には出身地新潟を含め、日本の北方の生活を改善させるものが多かったとも言われている。

平成二年に政界を引退したものの、平成四年には日中国交正常化二十周年で中国から招待を受けて、出かけているという出来事もあった。そして、翌五年の暮れ、七十五歳でこの世を去った。

こういう主人公の足跡を知り、私は田中角栄にはまっていき、『天才』を読み、さらに参考文献の中から『絆』へと進んだ。『絆』は、実子ではあるが、母親は置き屋の女将、いわゆるお妾さんである女性との間の子ども、田中京の著書だ。

田中姓を名乗ってはいるが、父角栄の葬儀にも受け付けてもらえず、遺体もなしに別に葬儀を行ったという。今でも墓参りは許されていない。いわゆる目白の田中邸には入ることも許されないというのだ。気の毒だが、納得せざるを得ないと思った。

『天才』は石原慎太郎が、角栄になり代わって書いたと述べていた。『絆』は実子ではあるが、微妙な立場の人が書いたものだ。事実に基づいているとは思うが、私は今、田中角栄自身の手になる、『私の履歴書田中角栄』を読みたいと思っている。と同時に早坂茂三の『権力の司祭たち』にも目が向いている。

つい最近、NHKスペシャルで「シリーズ未解決事件！　ロッキード事件の真実、故田中角栄から40年」というドラマ仕立てを含んだ番組があった。極秘資料でその舞台裏に迫ったり、真の黒幕は誰なのかと疑問を投げかけたり、二時間を超すものであったが、目が離せなかった。

色々な本を読んだときは、その金の流れというものに驚き、億なんて？　と思ったのだが、児玉誉士夫関連の二十一億円の行方は、と投げかけているのを聞くと、不明なことだらけだった。

また過日、新潟の一部を通り、秋田、岩手と旅した時に、鉄道・上越新幹線が田中角栄時代に完成したものだという説明があった。

国会議員や県議会議員の出身地は、他を抑え、優先的に各事業がなされるというのは聞いたことがあったが、これほどの手腕を振るったとは。

私のような政治オンチが分かろうとすること自体が無理なのかもしれない。が、実の娘の眞紀子さんは、最近報道されることもないので、その姿すら見ることがない。どんな想いでいるだろう。

そよかぜ

私は、大塚台自治公民館で月一回開かれる、ＤＶＤ鑑賞会を楽しみに出かけている。今回十三回目だった。が、初めての日本映画である。それも戦後初のもので、題名は「そよかぜ」とあった。

昭和二十年八月十五日が終戦の日で、この映画は十月十日には上映されたという。ということは、戦時中にどこかで作られたということなのだろうか。

この映画の挿入歌が、焼け野原になった日本、荒んだ人々の心に明るさと希望を与え、戦後の日本人を元気にした。皆がよく知っている、「リンゴの唄」だ。戦後の流行歌は、この歌から始まったといってもいいと言われている。私は当時五歳だったが、小学生になってからよく歌っていた気がする。それもミカン箱の上に乗ってである。

上映時間は一時間ほどだった。ストーリーとしては、さほど興味を惹くものではなかったが、出演者には目を見張った。並木路子は、当然出てくるが、太っているのにびっくり。私が知っている彼女とは別人のようだった。

私が、思わず拍手しそうになったのは、上原謙、佐野周二の姿だった。私が知っている、いや見てきた佐野周二は、齢をかさね、恰幅も良く、父親役の似合う落ち着いた男性だが、ここに登場する佐野は、並木路子演じる、「みち」に素直に想いをぶつけられない若者の役。そして、楽団員の一人としてトロンボーンを演奏するのだ。

上原謙は、本来のハンサムぶりを発揮していた。楽団のリーダーとして、トランペットを吹くと同時に、指揮もするという役どころ。ピアノを弾いて並木路子を指導するシーンや、作曲をして歌わせるシーンもあった。

そして、極めつけは、二葉あき子と霧島昇だった。私の見知っている二葉あき子とは、別人のように思えたが、歌ったのは「そよかぜ」。私が知っている曲は、「夜のプラットホーム」「フランチェスカの鐘」「水色のワルツ」などである。昭和二十二、三年のヒット曲だというが、私がその歌を歌うようになったのは、ずいぶん経ってからのことだ。それはきっと、歌詞が子どもにはふさわしくないと、母が思ったからだろう。

霧島昇もこんなに若いなんて。気が付くと、私は、胸の前で手を組みながら映像に見とれていた。

映像はもちろんカラーではない。当時の引っ越しの様子が出てきたが、荷物を運ぶのにリヤカーでもなく、大八車だった。普通の家庭の日常がもっと出てくるかと楽しみにしていたが、それはわずかで、その頃を思い出すまでには至らなかった。

この映画は、専らステージで歌う映像、そして、舞台に立つまでの練習の様子などで構成されていた。したがって、殆ど音楽が流れている。見ている私は、首を振ったり、頷いたり、口ずさんだり、拍子を取ったり、周りにいる人たちをまったく気にせず、自分の世界に入り込んでいた。

スクリーンに「終」という文字が出たら、思わず拍手がおこった。私だけではなかったのでほっとした。と同時に、余韻に浸っていた私は、暫く席を立てずにいた。

家に帰って、ユーチューブで「リンゴの唄」を検索。並木路子のスマートな映像、帰還した兵士や、原子爆弾の写真、そして、昭和天皇と、腰に手をやったマッカーサー元帥の写真も出てきた。この曲と映像を検索した回数が、三〇二万回を数えているのに驚くと同時に、多くの人がなつかしみ、興味を持って見たのだろうと納得できた。

このように一つの映画を見たことによって、興味が広がっていくこともいいものだ。私ももっと周囲の人に話して誘おうと思う。次回も楽しみである。

言えなかった失態

最近私は、うっかりミス、物忘れが増えてきたと感じている。そこで、出かける前に、用件を考え、行く順序もメモすることがある。

その日も、三軒の店に行き、用事を済ませることにして、書き抜きはしなかったものの頭の中に入れた。先ずは近くのスーパーでコピーだ。我が家にコピー機はあるのだが、サイズがA４までである。その日はB４が欲しかったので、一枚五円で出来るところに行くことにした。

原稿を確認して出かけ、店内のコピー機のところへ行く。そこは机が置いてあって、整理しやすいので重宝しているのだ。原稿を置き、五十円玉を二個入れた。同一原版でー四枚欲しかったのだ。色々設定して、先ず一枚を確かめる。これでいいと残り枚数を設定して待つ。コピー機の所に「原稿とお釣りの取り忘れにご注意ください」とあった。以前、机の上の籠の中に二、三枚の原稿らしきものを見かけたこともある。

終わったようだ。枚数を数え、原稿を外し、指先でお釣りを取り出すと、上着のポケットに入れた。さて次は、そこから車で五分ぐらいの所にあるホームセンターだ。Ａ４の用紙がなくなりかけていたので、それを買うためである。

そこは、大売出しをしていたのか、広い駐車場もほぼ満車で、店の入り口までが遠く、今迄に停めたこともないような場所に停めざるを得なかった。店内に入る。

買うものは決まっているので、まっすぐその場所へ行く。店内用の買い物かごの中にＡ４のコピー用紙二束を入れたが、せっかく来たので、ちょっと他も見ようと文具のところへ足を向けた。

ところが探していたノートは見つからない。ちょうど商品を扱っていた店員を見つけたので尋ねると、すぐに別の棚へ連れて行ってくれた。「これでいいでしょうか」と見せてくれたのが、欲しかった縦罫十七行のＡ４版。

「はい、ありがとうございます」と二冊を籠に入れてレジに並ぶ。人が多い。お店のカードを出そうとバッグの中を覗く。が、目に留まらない。カードを入れた財布が無いのだ。行列を離れ、別な所でバッグの中をあちこち探す。ない。

もう一つ財布はあるので、それから出せばいいわ、ポイントは後日でもいいしと、一万円札を出して再び並んだ。そして、頭の中では、前の店では買い物してないから財布は出してないし、また家に忘れてきたんだと納得しようとした。ところが、財布の中からお金をだした！　と気付いた。お釣りは何気なくポケットに入れたが、財布は……？

私は慌てて携帯の電話帳で我が家の近くのスーパーの部分を繰り出そうとした。しかし、その店の名前は入れていない。どうしよう、先ず電話してお店の人に尋ね、あったら預かっておいてくださいと頼もうと思ったのに。

見ると店内のインフォメーションらしき場所に男性がいる。私は籠を持ったまま近づき、「すみません、そこに電話帳はありませんか」と聞くと、「電話帳ですか」と言いながらしゃがんで棚の下の方を探してくれているようだ。そして、「すみません、ここには置いてありません」という返事だった。

私は、お礼の言葉もそこそこに、頭の中は財布の中身についてのことが巡っていた。現金は一万円程度、カードも入ってはいるが、図書カードが三千円分ぐらい、テレホンカードが二枚、クオカード数枚、あとは、各店舗のポイントカード、大金に替わるものは入っていない。

しかし、なくなっていいものではない。今からすぐに前の店に戻ろうと思った。誰か気付いてくれたら、レジの人に届けて預かってくれているかもしれない。商品を急いで元の場所に並べ、籠を置くと、外に出た。今日に限っていつもより遠い駐車スペースだよと、愚痴りながら小走りに駆けた。車に乗り込む。

慌てない、事故でも起こしたら大変と自分を戒めながら、狭い一方通行の道を走る。30キロ制限だったと思うが、さすがにその速さではない。何キロオーバーだろう。広い道路に出て坂道をのぼり、お店の駐車場へ。空いていたらどこでもいいという感じだ。ドキドキ、鼓動がはっきり聞こえた。店内も駆け足で進んだ。

コピー機の置いてある場所へ行くと、

「あった!! あった、よかった」

コピーされた用紙が出てくるところの手前、やや飛び出している部分のところだ。財布を手に取ると、店内の冷気を受けたらしく、ヒヤリとした感触だった。財布に頬ずりしたい気持ちだったが、さすがにそれは出来ず、平静を装って、そのまま車の座席へ戻った。安堵感で暫く動きたくなかった。先ほど、私がコピーした後にその場に来た人がなかったのが、幸いしたようである。

深呼吸をして車発進。ホームセンターに戻り、必要なものを買い求めると、最後の用事は急ぐものではなかったので、行くのをやめて自宅へ帰った。

その日の夕食時、財布を忘れ、結果的には見つかって、めでたしめでたしの話なのに、夫に話す気になれなかった。財布がなくなったのではなく、置き忘れて、取りに戻ったらあったのだから責められることではないのだが……。これは言い訳に過ぎない。

今までは失敗談も抵抗なく話せていたのに、今回は話せなかった。われは昔のわれならず。それなのに自分の衰えを夫から指摘されたくなくて、また自分も認めたくなくてのことであった。今後このようなことが増えていくのだろうか。

第四章

よかったね、百点満点だよ

思いがけない姿

夕方、私は、窓際に置いてある背もたれ式の椅子にだらんと寄り掛かり、道路を挟んだ斜め向こうにある家の方を見る。そこに、にわとりがいるのだ。といっても鶏ではない。屋根に立てられている五メートルはあろうかというテレビのアンテナの止まり木ふうの所にいるのはカラスなのだ。それも一羽ではない。二羽がぴったりと寄り添っている。そんなにくっつかなくても、というぐらいだ。たまには嘴が合わさっているようにさえ見える。

この二羽が気になり始めてどのくらい経つだろう。夫も気づいていて、ほらほら、見て見て、親子だろうか番いだろうかと、笑いながら声を掛け合ったりすることもある。

カラスというと、ゴミ置き場のネットの近くにいて、嘴でつついたり、ネットの間から何かを引っ張り出したりして迷惑がられている。しかし、この二羽は、近くのごみ集積場で見たことがない。が、一軒手前の二階の屋根にある温水器の上に見かけることもあるのだ。

一羽がどこかに飛んで行った。暫くするとアンテナの上に残された一羽が、身体を前に大きく折り曲げ、起こしながら「カァ、コァ、カア」と啼き始めた。そのうちにその一羽も飛び立った。寝床はどこなのかは知らない。「帰ったんだろうね」と夫に語り掛けたりもした。しかし、夫も答えようがないようだ。

夕方になると、私は、今日はいるかなあといつもの場所を見る。居ない時はがっかりする。「いないよ、どこに行ってるのかなあ」。二羽の行動パターンを知っている訳でもないのに、夕方になるとまた来ているのではと、つい期待してしまう。

ある日、いつものように、二羽がアンテナの上にくっついて止まっていた。私は、双眼鏡を出してきて覗いた。もし、ご近所の人が私のその姿を見たら、何を盗み見してるのかと思われそうだ。しかし、見たいのだ。よおく見ると、相手の羽根をつついているようだ。毛繕いをするというのは、他の動物でも見たり聞いたりすることがあるが、羽づくろいなんて……。さらに嘴をくっつけ合って、まるでキスしているように見える。私は、盗み見をとがめられる気がして、双眼鏡から目を離した。そして次にしたことは……。私は、携帯電話を持って玄関まで出て門のところで写真に収めたのだ。

ちょうどその時、郵便配達のバイクが停まった。私は、聞かれもしないのに、「ほら見てください、あそこ。カラスがくっついているでしょう」と言うと、「おお、珍しいですね、ゴミ置き場ならわかるけど」「友達に話しても信じないので証拠にしようと思って」などと立ち話をしてしまった。配達人は、郵便物を渡すと、バイクにまたがって笑いながら走って行った。

数日前、ある本の中に「好きになったら、フラれるまで、あるいはライバルに蹴散らされるまで、とことん想いを伝え続けるのが鳥の世界の常識だ」とあった。しかし、私は、そのことでカラスの思いがけない色々なしぐさや姿を、納得することは出来なかった。

それにしても、とってもラブラブなカラスだ。「いいわねえ、くっついていて」と言えば、「カラスの勝手でしょ」と言われそうだ。が、理屈はさておいて、夕方になると最近の私は、今日は来てるかなあ、とカーテンを開けるようになっていた。

確かめたいこと

私は、金婚式の様子を文章に書いた。うまく会の様子が伝わるか、誤りはないかを確かめる目的で、同じく金婚式に参加していたコーラス仲間の人に読んでもらった。

数日後、金婚式の様子ではないが、私が新婚時代を思い出して書いた部分に、疑問を持ったところがあると言われた。それは、昭和四十年ごろの日豊本線で、「電車で通勤」の部分だ。まだ電化されていなかったのでは、という指摘だった。そこでそれを確かめるために、宮崎駅に出向いた。

どこで尋ねればいいのかも分からず、切符売り場に入っていった。そこにいた若い女性に、事の次第を話して、教えて欲しいと頼んだ。他に客がいなかったの

が幸いし、別の窓口にいた男性と何事か話した末に、

「南宮崎駅の事業部で分かるので、電話番号を書いておきます」

と言い、そのメモ用紙を渡してくれた。私は、お礼を言いながらも電話ではなく、直接南駅に行って話を聞こうという思いで駐車場へ急いだ。

南駅に着き、駐車場はどこかときょろきょろ、とりあえず正面に入ったら駐車場の案内板が見えた。駐車して、事業部ってどこにあるのかと思いながら駅舎に向かうと、目の前に立派な建物と塀があり、そこに九州旅客鉄道株式会社・九州総合鉄道事業部本所と書かれた看板があった。

私は迷うことなく、その建物の玄関を探した。玄関の前には壁を隔てて線路があり、そこに観光列車「海幸山幸」が停まっていた。ガラス戸を開けると「事業部に御用の方は二階へお上がりください」と書かれた標識があった。

床は木材のようだが、ワックスがかかり、黒光りしている。「えっ？　靴のまま上がっていいのかな」誰にともなくつぶやく。周りを見るが、人影はなく靴箱

もなく、スリッパもない。私は手すりを持ってこわごわ二階に上がった。

事業部と書かれたガラス戸は半開きだった。もしそこの人達が上履きだったら、私の靴のままの姿はひんしゅくを買う。すぐ脱がなきゃと思いつつ、首を右に傾け入り口を窺った。すると背広姿の男性が靴のまま歩いているのが見えた。ああ脱がなくてよかった。心が落ち着き、「失礼します」と半身が見えるように立った。

事務室は二十人ほどの座席があったろうか、パソコンが置かれた机も見える。怪訝な面持ちで一人の男性が近づいてきた。

「すみません、ちょっとお尋ねしたいことがあって伺いました」

と宮崎駅と同じように話し、

「事業部にと言われたので来ました」

と告げた。その男性は、

「こちらでお待ちください」

と椅子を勧め、暫くすると、コーヒーを持って来て、どうぞとテーブルに置いた。私は急いで来たので喉が渇いていた。嬉しかったが、恐縮もした。

五分ほどすると、立派な装丁の本の中の一ページを指さしながら「鹿児島まで電化されたのは昭和五十七年のようです」と言われた。そこは一九八七〜一九九六と書かれたページだった。

私は、確かめたいことが分かったので、お礼を言って立ち上がろうとした。すると、

「このページをコピーしてきましょうね」と再び席を離れて、新しいコピーを差し出された。私は、お礼を言った後で、「折角ですからコーヒーもう少し頂きますね」と言い、飲みかけのコーヒーを飲み干してから部屋を出た。

彼が送りに出てきたので、あ、もうここで結構ですと言いながらも、玄関に入った時の思いなどを伝えた。すると「最近改修工事をしたばかりです」と言う。

「靴のまま、そのままお上がりください」とひとことあると良かったと言いかけ

たが、お節介が過ぎると思い、お礼の言葉と共に頭を下げ、外に出た。

友人に指摘されて、調べに行き、正確なことが分かり、嬉しくて空を見上げたら、ちっちゃな雲が浮かんでいた。

家に帰りつくと、早速原稿の誤りを訂正し、改めて貰ったプリントを見ると、とても興味をそそられることが書かれていた。一ページが上下二段に分かれていたが、上段に、妻線廃止が昭和五十九年十二月一日だというのを見つけた。私が通っていた妻高校には、この列車を利用していた同級生もいた。

その妻線廃止後三年経った昭和六十二年三月三十一日、日本国有鉄道の歴史に幕が下りたのだということを改めて確認できた。

さかのぼれば、昭和二十一年敗戦で台湾から広島に引き揚げて来て、そこから妻線も使って妻駅に降り立ったという思い出もある。

対応してくれた社員のおかげで、確かめたいことのみならず、思い出に浸ったりすることも出来、その人の名刺を見ながらお礼状を書いた。

掛ける言葉

夕食の席に着いたとき、夫が突然、

「おまえさあ、パジャマのまま外を歩いたことあるか」

と話しかけてきた。この人何を言い出すのかと、私は、

「ないよ、玄関まで出ることはあっても門から出たことは今まで一回もない」

と言うと、笑いをかみ殺したような顔になり、

「面白いことがあったとよ」

「なになに?」

と、私は身を乗り出した。

夫は、車で四十五分ほどの西都市の畑で作物を作っていて、一年に二〇〇日近

くは、軽トラックで通っている。このひと月ほどは、強風による倒木の後始末で、晴天であれば毎日のように出かけていた。

服装は、Tシャツとトレパン。トレパンはもちろんジャージー生地で、両サイドに赤いラインが入っている。裾が上に上がってこないように、踏みしめる部分に足掛けがある。寒いときにはその上に、防寒のためのズボンを重ねて穿く。その日もその姿で出かけて行った。と思っていた。

夫は、仕事を始めて二時間経った頃に、腰の後ろの部分が下がった感じがしたという。仕事の手を止め、手袋をしたまま腰に手をやり、その部分を引き揚げ、再び作業にかかった。

仕事は、半ハウスの中に植えてある、大根、蕪、ホウレンソウのところの草取りで、移動するにもしゃがんだり立ったりを繰り返す、というのはあった。

「が、えらくトレパンが下がるなあと思ってよく見ると、なんと穿いていたのはトレパンじゃなくジャージーズボンのパジャマじゃったとよ」

「なんじゃこれは、トレパンじゃなくてパジャマじゃが」と苦笑いしながら独り言。

私は、夫の話を聞きながら、途中から笑い出し、話が進むにつれて大笑い。笑いすぎて涙が出てしまった。

夫は、私より三歳年上だが、私に比べると、記憶力はいいし、物忘れは少ないし、耳は聞こえるし、羨ましい存在だ。その夫のパジャマ事件は、喜んではいけないのだろうが、私にとっては複雑な思いでもあるが、嬉しさもちょっとあった。

そして、翌日からの言葉かけにひと言増えた。今まではトラックの運転席に座り、出かける前の夫に、「ケータイ、家・車の鍵、バッグ持った？」だった。が、このことがあってから「ねえ、トレパン穿いてる？」が加わり、笑顔で手を振って送り出している。

恩師との食事会

「田爪先生の益々のご健康を祈り、私たちがそれに続くことが出来ることを願って、乾杯しましょう。カンパーイ」

春彼岸も近いその日、私が小学四、五年生の時の担任であった、田爪久遠先生を囲んでの食事会が、宮崎市で開かれた。

開会あいさつに続いて、先生からのお話があった。それによると、三、四、五年と三年連続持ち上がりだったようだ。私は転校生として四年生で加わったので、四、五年の担任ということになる。先生はメモを見ながら、当時の思い出を語られた。

この会の話が私の耳に届いたのは、年が明けてすぐだっただろうか。数人で集まって先生を囲んで昼食をしようということになった。大体の期日が決まり、宮崎でやるので、私に世話係をしてほしいとのことだった。しかし、私は、四、五年だけいて六年で転校、その後、クラスにいた人達との交流がほとんどないので、どんな人がどこに居るかも知らない。世話人は無理だと断った。

更に私は、田爪先生とは毎年一回はお会いできていた。というのは、先生はギターのグループで練習しておられ、「宮崎市春の音楽祭」に出演されるのだが、私も、コーラスでそのイベントに毎年参加していたからだ。その度に、ギターグループの控室を訪ねて、短い時間だがお話ししていた。だから他の人ほど、久しぶりに先生に会えるという感覚はあまりない。ただ、同じクラスにいた人達に会えれば、思い出話が出来るのではないかということは考えた。

期日が決定した。ところが、それが月曜日だった。その日はコーラスの練習日だ。やはり食事会は無理かなと思い、係りの人に電話して、返事はちょっと保留にしてもらった。

私の優柔不断さにしびれを切らしたらしく、今でも交流のある西都市のツキちゃんから、「熊本から精子ちゃんも来るから、千佐子ちゃんもおいでよ」と当時の呼び方で誘われ、出会を決め、連絡をした。

参加人数は先生を入れて十四名。乾杯の後しばらくは食事だ。会席料理なので一品ずつ並ぶ。前菜が終わった頃合いを見計らって、一人ずつの近況報告が始まった。女性が八名いたのだが、そこから開始、旧姓を名乗り、現在の趣味、ボランティア活動の紹介などもふくめ、和やかに進んでいく。私の番が来た。

私は、準備していったプリントを配った。一枚目は、先生がギターの演奏をされている写真や、仲間の皆さんとの集合写真をコピーしたものだった。「二枚目は私の近況が書いてあります。帰ってから読んでください」と言った。それは、はまゆうコーラスの文集に載せた「突きつけられた現実」という題名の文章で、難聴になった自分のことを綴ったものだった。

私は、「それはさておき」と、春の音楽祭の時、控室を訪ねた時の話をした。

控室のドアをノックして開けると、各自調弦、練習をされていた。そこで
「田爪先生、いらっしゃいますか」

と、声を掛けたら、仲間の方が、先生へ取り次いでくださったようだ。

「田爪先生は、私が小学四、五年の時の担任の先生だったのです」

と、付け加えたら、

「えーー、同窓生かと思った」

と言われたのだ。そこまで話したら、食事会の皆さんは、大爆笑だった。それでも、「先生が若いっちゅうこつじゃがー」とフォローしてくれた。

先生は今年卒寿、後一カ月で九十歳になる、と自分の話の時に言われたのだった。髪は一部白いが、ちゃんとあるし、背筋はピンと伸びていて笑顔は素敵で、とても九十歳には見えないし、思えない。

次々に近況報告が行われた。病を押して出席していた人も、ゆっくりではあるが話をしてくださって、感動だった。

一巡したところで、再び先生が資料を回し、立ち上がり、「みなさん、歌いましょう」と言われた。田爪先生は、音楽専科ではなかったが、ピアノが上手で、宿直の夜は音楽室のピアノにろうそくを立てて弾いておられるのを見たりもした。またＮＨＫ合唱音楽コンクールへ向けての指導もされた。

私は、「ピアノを教えてほしい」と先生にお願いして、バイエルから始めたのだった。それから十年以上経って、小学校の教師となった私は、音楽が指導得意教科となり、九州の研究大会で授業公開をしたこともある。先生からのピアノの教えも随分役に立った。

先生は、八曲の歌詞がプリントされたものの中から、初めに「みかんの花咲く丘」続いて、「月見草の花」「四季の歌」と進んだ。それをきっかけにして、ウクレレを持参していた妙光寺さんが、伴奏するからと言い、これまた次々に歌詞カードが配られた。

「いい日旅立ち」「フェニックスハネムーン」などは、全員で合わせられたが、

「なごり雪」「昴――すばる――」となると、難しい。それぞれのリズムで歌っていたようだ。その間お店の人が「きれいな音がしたから……」と覗きに来たりもした。先生は見るに見かねてというか、聞くに堪えないという風で、指揮をされたりもした。

楽しい思いのうちに三時間が過ぎた。その間、周囲の女子で話したことと言えば、昼休みの遊びのこと。「けんぱ、けんぱ、けんけんぱ」とした石けり遊び、馬のりという遊び。遊びではないが、美空ひばりのプロマイドを貰った話などなど。「あんたが好きじゃったっちゃわー」という声も上がり、遥か遥か昔へ想いが広がっていった。

歌や話や、もちろんおいしい食事も進んだ。先生から頂いた紅白ワインは、その場であっという間になくなり、先生を囲んでの食事会は終わった。

次回の約束は、はっきりしなかったものの、心の中では期待している人も多いだろう、と思いながら会場を後にした。

違反金

年の瀬も間近な十二月下旬、午前十時、私は、宮崎北警察署内の総合案内の前にいた。年に二回は必ず訪れている警察署だ。いつもは案内の人を横目に、目的の窓口に行く。それは、私が関係するボランティアが行っている街頭募金の道路使用許可証の申請のためだ。

だが今回は違う。どこを訪ねればいいのか分からなかったので、総合案内の所に立った。当初、係りの人が席をはずしていた。でも他の窓口の人に「ここの方は？」と尋ねるような急ぎの用件ではない。そのままいると、制服を着て、腕に「案内」という腕章を付けた男性が、正面奥から出てきた。目線が合った。

私は近づくと、「おはようございます。実は昨日、車のフロントガラスにこれが貼ってあって、お尋ねしたいこともあって来ました」とファイルを差し出した。横幅一〇センチ、長さは一八センチの黄色の紙に「放置車両確認標章」とあり、私の車のナンバーが表示してある。さらにその下に一センチ四方ぐらいの文字で「駐車違反」と印字されていた。朱色のマーク⃠も鮮やかだ。

するとと男性は、用紙を持って、私がいつも訪れる窓口の方に進んだ。私は付いていった。

窓口の女性になにごとか告げ、「こちらへ」と案内されたのは、受け付けの前ではあるが、衝立で仕切られた一角だった。対応に出て来たのは女性。若くはない。表情が硬く、話しにくそうだった。が、私はまず「お聞きしたいことが幾つかあります」と切り出した。

前日の十九日、私は路上に車を停めて友人宅に行った。車を停めた場所が駐車禁止だということは知っていたし、停めた真ん前に駐車禁止の標識も立っていた。

しかし、今までにも数回、玄関先で立ち話をしたことがあったので、何となく大丈夫だと思っていたのだ。ただ友人宅の玄関は車が見える場所ではなく、二階である。

今回、用を済ませて降りて行きながら、「もしかして」と覗いたらフロントガラスに何かが。慌てて車に近付くと、駐車違反の文字が目に飛び込んできた。「しまったあ」と思ったが、時既に遅しだ。

初めて見る説明文を読もうとする。文字の小さいこともあるが、慌てていて字面を追うだけで意味が捉えられない。私を送って出てきた友人は、絶句だ。そして次に出た言葉は、「ごめんね、私が払うから……」。とんでもない、車を停めたのは私。帰ってゆっくり文面を読み、対応しようと運転席に座り、発進させた。

家に帰り、初めて見る標章の小さな文字をゆっくり読む。駐車違反の文字の下に「速やかに移動してください」とある。さらにその下には、「この車は〝放置車両〟であることを確認しました」と書かれていた。ここで一つの疑問が湧いた。

放置車両って何だろう。そこに夫が帰って来た。私は「ごめーん！　ちょっと車で困ったことになったの」と言うと、「ぶつけたのか」と聞いてきた。そこで黄色い紙をひらひら見せながら、事の経緯を話し、「ごめんなさい、こういうことになっちゃった」。

私達夫婦は、それぞれが運転してどこかに出向くときは必ず「気をつけてね」「ゆっくりいけよ」といった類の声を掛け合う。

私は、今詳しく読んでいるからと話を中断させ、次に進むと、次に書かれていたのは、「この車の使用者は、宮崎県公安委員会から放置違反金の納付を命ぜられることがあります」。確認標章の下に張られていた別紙（水色のもの）には、「お知らせ」とあり、ここに使用者という言葉の定義が明示されていた。

それによると、使用者（通常は、車検証の使用者欄に記載されている者）とある。私の場合、車検証には夫の名前が記載されている。ということは、今回のことで反則金を払い、夫が減点となり、次回はゴールド免許ではなくなるということなのか。私の不注意なのに、反則金は夫にいくのか。いやそれはあるまい。疑問点を解決するために、ご近所におられる警察OBの方に聞いてみようと思った。しかし、警察OBといってもそれぞれ仕事内容が違うだろうから、ダメかなあとは思ったが、ダメ元でその日の夕方お宅を訪ね質問した。一番気になっていたのは、誰が減点になるかということだった。が、それは運転者であるということを言われてほっとした。

私は、自分の非なので、反則金を払うのは仕方のないことだと思っていた。しまったとは思ったが、悔しいという想いは全くない。ただ一年の終わりが近いというのに、年を越してまでこの一件を長引かせるのはイヤだ。すっきりした気持ちで新年を迎えたいと、私は切に願った。

そして翌日、北署に出向いたという訳だ。

使用者である夫、運転者の私、いずれに減点があるかを尋ねると、運転者の私だった。これで夫のゴールド免許はそのままだ。よかった。

二番目の質問は、年明けまでこの一件を長引かせたくない。反則金を払ってすっきりしたいのだがというものだった。対応していた巡査（巡査の肩書は後で分かった）は、「書類を作りますので運転免許証を貸してください」と言った。私が渡すと、姿を消した。

私は、そこで初めて周囲や机の上を見回した。すると、標章に書いてあるのと同じことが、書き連ねてあった。この場所は交通違反者を扱う場所のようである。私は、何か書かされるはずだと、自分のボールペンを出して待った。

しかし、対応する席に着いた巡査は、免許証には書いてない職業と年齢を私に聞き、ある用紙に記入していた。なんと左手にペンを持って器用に書き込んでいる。「えー左手なんですねえ」と言ってしまった。というのも、三十年ほど昔、小学一年生担任の時、左手で書く子は、保護者から右手に直したいんですと言われ、極力右手でと指導したのを思い出したからだ。巡査は、思わず出た私の言葉には反応せず、別紙を出し「ここに住所氏名を書いてください」と言った。

用紙には「納付書・領収書」とあり、国庫金という文字も見えた。そこでまた一つ学んだ。反則金は、国庫に入るんだと。氏名の後ろに印鑑を押した。「これを持って、宮崎銀行か、郵便局で払い込んでください」「ここで払うんじゃないんですか」と出しかけた財布をバッグの中に戻した。

今回、初の交通違反で反則金を払うことになった時、駐車違反っていくら払うんだろうと思った。聞きかじりで、七千円ほどだと思っていた。実際はいくら？と思ったのでスマホで検索、すると……目の前に出されたものと同じで一万五千円。結構高いんだと、初めてもったいないことをしたなあと、胸がチクリと痛んだ。

今回は警察官ではなく、駐車監視員が確認したということになっている。どういう人たちがやっているのだろう。ＯＢだろうか。警察からの委嘱だろうが、反則事項のところを見ると、「駐車禁止路側帯で七分間の放置」とあった。七分間監視していたが運転者が戻らないので放置車両となり、放置車両確認標章なるものをフロントガラスに貼り付けたのだと、その経緯をしっかり学んだ。

手続きが終わり、用紙を渡されたので、椅子から立ち上がった。私が持ち込んだ標章は巡査の手元にある。そこで、「すみません、その用紙はください。初めてのことなので」と相手にとっては訳の分からないことを言った。

普通なら、腹立たしく思い、「そんなもの、要りません、捨ててください」と言うのだろうか。一瞬怪訝な面持ちで私を見て、差し出した。「ありがとうございました」と言って受け取り、署を出た。

その足でそのまま自宅近くの宮崎銀行に行く。その支払いのほかに両替など二件の用事を抱え、順番の来るのを待った。反則金の支払いは、現金を添えて、恥ずかしさも多少あり、一番下にして行員の女性に渡した。すると、三件目のそれを見て、「これは税金ですので、これに記入してください」と渡された用紙には「税金・公共料金納付依頼書」と明記されていた。私は、警察で書かされた納付書に国庫金とあったのを思い出した。

一万五千円払って領収書を貰った。正月前の一万五千円は大きいが、これで新年にもつれ込まずに済んだのである。初めての体験から多くのことを学んだ。ルールを守らなかったという罪悪感はある。このことを戒めにして今後の運転に関わっていこうと思った平成二十九年年末の出来事だった。

最後の検査入院

今から八年前、十月のある早朝、夫は胸が痛いと私に訴えた。救急車を呼ぶかとも思ったが、「お前の車でいい」というので、時間外は宮崎市郡医師会病院という想いのもと、そこへ走った。

即、手術、入院、心筋梗塞だった。心臓の血管に網目状の小さな金属製の筒「ステント」とよばれるものを挿入して留置し、狭窄、閉塞した管を広げ、内部を流れる血液の経路を確保するという手術だった。

その後、順調に回復して、今までと同じく、普通の生活が送られるようになった。とはいっても、その後、他の部分に狭窄が起こっていないか、ステントの部分が正常に働いているかという評価のために、カテーテルを使っての検査が必要だった。外来のみの年と入院して検査する年が、一年おきにやってきた。

そして、この四月入院し、翌日検査、その翌日退院という最後の検査が一年前に予約されていた。今年が最終チェックだという。

夫は、昨年満八十歳となった。この検査は八十歳までだ。聞くところによると、カテーテルを手首から心臓の血管にまで入れ、検査するのにリスクを伴う年齢だからだという。

夫は今まで、決められたように検査を受けている。が、ステントは、その目的を果たしていて、他の部分は血管もきれいだし、新たに入れる必要もないと言われてきた。

初日、午後からの入院。血圧測定を初めとして、血液検査、胸部レントゲン撮影後、病室へ。個室希望だったので、六病棟二階の部屋に一旦落ち着いた。私も部屋の確認もかねて一緒に行くと、前回と同じ部屋だった。

「今日はもう特別にないから帰っていいよ」と夫に言われ、四時前に病院を出た。

私は、普段、夫との二人暮らしである。なので、夜を一人で過ごすことは殆どない。ただ入院となると、止むを得ず一人だ。八年前の入院の折は、不安で、怖くて、各部屋、トイレ、ふろ場などすべての灯りを点けて回ったり、中を確かめたりした。眠ってしまえば、朝まで目覚めることはないのだが、眠りに就くまでが不安だった。今回の検査入院は二泊で、前回までと同じだ。

私が帰った後、夫は再び呼び出され、身長体重測定、心電図を撮り、腹部のエコー検査があったと聞いた。

検査の日、順番が五番から六番となり、左腕には生理食塩水の点滴をつけたまま、十一時四十分に検査室に入って行った。私には廊下の椅子で待つように言われた。

暫くすると、息子がやって来た。息子は、医療関係の物品を販売する会社に勤めていて、病院への出入りがある。そのおかげか、前回もモニターで検査の様子を見ることが出来、今回も私の入れない場所に入って行った。何事もなく終わることを願って腰掛けていると、中に入るようにと、息子が呼びに来た。

検査を担当された先生は、まだ四十代前半だろうか。夫、私、そして息子を前にパソコンの画像を見ながら説明を始められた。どんな結果が出たのだろうか、ドキドキする。

「この部分にステントが入っています。が、変化なく順調に働いていて問題はありません」

映像の中で血管の中を造影剤が流れる様子が見える。

「どの角度から見ても異常ありません。綺麗なものです」

この一言を聞いて、私は万歳！　と叫びたかった。しかし、近くには次に説明を待つ患者さんの姿もあったので、呑み込んで廊下に出た。息子に「首席で卒業、百点満点だね、よかった！」と小声で言うと、「うん、血管もきれいじゃから大丈夫よ」とさらに安心する言葉を掛けてくれた。

私が先に病室に戻っていると暫くして車椅子に乗った夫が、看護師さんと病室に入って来た。「よかったね、百点満点だよ」と言うと、笑顔で頷いた。右手首は、カテーテルを入れた太い針の跡があるので、強く圧迫するための止血ベルトが施されていた。「痛い」と言う。用意された昼食をとらなければならないのに、箸を使っては無理のようだ。

私は、自分用に菓子パンを持って来ていたのだが、夫は、

「食べやすいから、それを俺にくれ。そしてあんたがこれを食べて」

と言うのだ。

「私が食べさせてあげるから」

と言うのにそれには答えず、結局付き添いの私が、病人用を食べることになった。

私は、外から見られたら恥ずかしいので、窓のブラインドを下ろした。看護師さんが部屋に来ることもあり得る。慌てて食事を口に運び、正直食べた気もしないぐらい急いで食べ終えた。

とその時、ドアがノックされて看護師さんが入って来た。間一髪だった。「手首大丈夫ですか」と聞いて、夫の手首を見た。ガーゼが血液で多少赤くなっているが、空気でしっかり圧迫してあり、「一時間後ぐらいから少しずつ空気を抜いていきますね」と言い置いて、出ていった。それから夕方まで私は病室にいて、ベルトの空気を注射器のようなもので数回抜くのも見た。

帰り際に夫が、「退院は朝一にして欲しいと詰め所に頼んだから、お金を準備してきて」と言う。今までもそうだったが、早く退院して家に帰りたいというのがよく分かる。「分かったよ。今夜は私一人で祝杯をあげるわね」などと意地悪なことを言って帰途についた。

帰った私は、先ず仏間に行き手を合わせ、その後食卓に着き、一人御飯のわびしさを実感しながらも、一三五ミリリットルの発泡酒を手にした。

「あなた、良かったね、おめでとう」

の言葉でプルタブを引き開け、口に運んだ。

メデタシ、メデタシ。

となるはずだったが……。暫くしてメールの着信音が鳴った。見ると、夫からだ。明日の朝、退院前にもう一つ検査があるらしいので、帰りは少し遅くなりそうだという内容であった。

検査結果を話された時には、何も言われなかった。不安が胸をよぎる。最後の検査入院のはずだったのに……。そうはならなかった。

一大決心

夫が心筋梗塞を患って八年、八十歳になったので、カテーテルを使い、造影剤を入れての検査入院がこれで四度目、最後の年となった。四月末、二泊三日の検査の結果、ステントの部分も正常に働き、血管の狭くなっているところもないので、問題ありません、無事卒業、といった意味の話を聞いて、退院の日を迎えようとしていた。

ところが、退院の日、「朝一で腹部のCT検査を行うと聞かされた」、という連絡が夫から入った。前日の検査結果報告の折、全く問題はありませんと太鼓判を押されていた。但しそれは、心臓に入れてあるステントのことではあったが。腹部については話がなかったので、まさしく寝耳に水である。

入院初日に腹部のエコー検査は受けていた。話を聞くと、そのエコー検査の結果、動脈瘤が見つかり、二年前よりも大きくなっているということである。夫も私も初耳だった。前回は何も聞かされていない。即手術が必要というのではないが、詳しく調べた方がいいとのことで、このCT検査を帰り際に受けることになったのである。

私は、検査に間に合うように出かけた、朝九時前病室で、手首の血管からの出血を防ぐためにしていた止血ベルトを先生が外されたらまだ止まっていなくて、再び出血。あらためて強く締め付けられ、検査順番が後に回された。

そのうち順番が告げられ、一階の検査室へ移動。私には、カテーテル検査の日と同じく廊下で待つように言われた。夫が入室するとすぐ、部屋の上の文字盤「使用中」に赤いランプが点いた。

検査は二十分ほどで終わり、説明を受けるために呼ばれた。そこには、心臓カテーテル検査をした先生、看護師長、そしてCT検査をした心臓血管外科の先生がおられた。緊張しながら勧められた椅子に掛ける。夫の真横だったので、その表情はなかなか読み取れない。

先生は、パソコンの映像を見ながら、腹部の断層写真を出される。「これが動脈瘤です」と言われたのは、へその位置の横あたりで太い血管が二股に分かれているところだった。そこに左右一個ずつ直径四センチと三・五センチぐらいのものがあるという。見るとその部分が白、いや灰色がかった円形を示していた。今のところ、病状としては特別現れていないが、致命的な病態は破裂だ。

「そこで、今の段階で手術するか、しないか、するとすれば開腹するか、ステントグラフトを使用するかという二つの方法がありますのでご検討を」

という話になり、看護師長からステントグラフトの実物を渡された。これを動脈の中に入れるのか、と一瞬ドキッとした。こんな針金状のものを入れて、それこそ血管の壁を破ったりしないのだろうか。

私は、説明を聞きながら、年齢が年齢だけに開腹手術をしたら、その回復には相当の期日がかかるだろうなあと思った。体への負担を考えると、ステントの挿入の方がいいのか。私は、こぶしを握り締めながら、あれこれ思いを巡らせていた。

説明を聞いていた夫は、

「手術はしたくない、知らん方がよかった」と言ってうなだれた。私は、

「このままにしておいて破裂して死んだら困る。ダメ、いや！」

医師の前をはばかることなく口にした。

医師は、

「本人の意思もあるでしょうが、ご家族で相談して決めてください」

と言われ、さらに、

「手術といっても六月中旬まで予定が入っているので、下旬か七月でしょうが……」

と結ばれた。そして、相談結果を持って、五月二二日に再び先生と会う予約を入れ

た。

私達は、病室に戻っても暫くは無言だった。夫はショックだったろうし、不安だったと思う。私は、このまま放っておいて突然亡くなるのには耐えられない。でも手術も一〇〇パーセント成功とは限らず、やはり年齢のリスクもあるだろうし、夫の心中を推し量ると辛かった。二人ともそれなりに不安で悩み、思いを口にできずにいたのだ。そのような複雑な思いを胸に抱えながら看護師詰め所に挨拶をして退院した。

家に帰り、娘や看護師をしている孫に一部始終を話すと、孫が「よかったじゃない、早くみつかって」と言った。そうはいうものの夫は、「知らぬが仏」のままであればこのように悩まず、不安になることもなかったと悔やんでいるようにも見えた。不安はすぐにぬぐい去ることが出来ない。負の悪循環とでもいうのだろうか。

家族で話し合って、結局手術を受けることにはしたのだが……。夫は、二カ月近く爆弾を抱えたままの状態で過ごすことになる。

下腹に力を入れるような仕事は無理だ。しかし、ちょうど梅や筍の収穫時期で、いやでも持ち上げる必要が出てくる。夫が抱えようとしているのを見ると「ダメ、やめて、私がする」と駆け寄り、引きずるようにしながら運んだ。でも私が出来ることは限られている。

私は、どのような言葉かけをして見守ればいいのか分からないままで、手術日を迎えようとしている。

参加できなかった九州大会

私が「宮崎はまゆうコーラス」に入会して、二十三年になる。週に二日の練習だが、四、五月ともなると、日曜日に行われる演奏会、その日のリハーサルなどがあったりして、ここのところコーラス漬けの日々が続いているといっても過言ではない。

この時期、県内では、おかあさんコーラスフェスティバルというのがあり、年ごとに延岡、宮崎、都城を会場に開かれ、毎年歌いに行く。県内ではその他、春の音楽祭、県合唱祭、童謡の日コンサート、そして、コーラスinみやざき楡の会のコンサート等が行われ、それらに参加してきた。

しかし、最も大事に思ってきたのは、全日本おかあさんコーラス全国大会への推薦参加を勝ち取ることだ。これは、県内予選はなく、直接九州大会への出場が可能である。会場は、九州各県の回り持ちで、そこで推薦されると、全国大会に行くことが出来る。

この全国大会も、北は北海道から南は沖縄までの言葉通り、全国を回る。ただ全国大会に出演すると、推薦団体を広げる意味もあろうか、二年間は選外である。だからといって、その間九州大会に参加しないと、権利はなくなる。

したがって、解禁の年となると、特に力が入る。以前、全国大会が滋賀県で開かれた年、全国大会を狙っていた私達は、推薦を信じて、九州大会で「琵琶湖周航の歌」を歌った。そして思惑通り推薦されたのだった。

私は、健康に恵まれていたせいもあって、入会以来、諸行事を抜けたことは殆どない。歌詞、メロディーを覚えるのは、確かに大変だったが、歌詞を書いた紙を冷蔵庫やトイレに貼ったり、練習の時にカセットテープに採ったものを車の中に持ち込んで、発進と同時に流れるようにしたりして覚えた。先生の叱責の声も入っているが、そこは注意事項を思い出しながら聞いたものだ。

しかし、全国大会行きが決まったのに、私は行けなかった年があった。腰痛で思うように歩けなくなったのだ。友人に勧められた川南の病院まで、夫に送ってもらって治療を施した。が、出発までに回復が間に合わなかった。悔しかった。空港に見送りに行くことすらできず、我が家の窓からそれらしき飛行機を見送ったのを鮮明に覚えている。

はまゆうコーラスは三年おきに推薦され、全国大会へということが繰り返された。九州大会で、全国大会へ推薦されたグループ名が発表されると、各グループの人達の席から「わあー」「キャー」、そして拍手が聞こえたものだが、はまゆうは決まっても拍手のみ。初め私は、それにも驚いた。

その当時、団員は七十名を超えていた。八十名だった年もあり、「よし百名を狙おう」と言う声も幹部からは上がっていたのを懐かしく思い出す。

「あれから三十年」などというと、ある芸人を思い出してしまうが、三十年経ち、親の介護や夫の世話もあるが、本人の高齢化も原因で辞めていく人が増えてきた。現在は四十名ほどである。平均年齢は七十六歳。九州大会で全国行きの切符もなかなか取れなくなっていた。しかし、諦めていたわけではない。

平成最後の今年、第四十一回の九州大会は長崎で開かれることになっており、六月二十三、二十四の両日だった。はまゆうは二十四日の十四番目と分かった。それ前の六月十日に県の合唱祭が都城であり、同じ曲目を歌うことになった。

ところが……。

夫が四月末に、心臓血管のステントに対して、最後の入院検査をするということで、市郡医師会病院に行った。そこで腹腔内左右に約四センチの動脈瘤があると言われ、手術した方がいいのではと話された。手術日は、今は混んでいるので六月末となることを告げられたのだった。歌っている場合ではない。これで九州大会への参加はなくなった。

九州大会は無理と分かったが、それとともに、六月初旬の都城での合唱祭も諦めることにした。というのもステージでの並び、曲目が九州大会と同じで、即ちリハーサルのようなものなので、土壇場でキャンセルするより、そこからいない方がいいと判断したのだ。その後、ステージポジションに並んでの練習が、盛んに行われ始めた。

今までそんな時、各大会に出演しない人は、歌う皆の前に腰かけ、感想を述べることになっていた。私は、辛かった。帰りたかった。

感想というものに間違いはない。その人の置かれた状況で楽しい歌を聞いても落ち込むことだってある。指揮者や歌う人たちの望んでいるような感想が言えるとは限らないのだ。

私は今まで歌う側だったので、そういう立場の人達のことをあまり考えなかったが、大変だっただろうと、その時になってやっと思いが及んだ。

都城の合唱祭が過ぎると、仲間は、その時の映像や写真を見、録音を聞き、さらに磨きをかけて六月末、長崎へ出発していった。色々な理由で行けなかった人達へ「全国大会へ推薦されたよ」と朗報が入ったのは帰りのバスの中からだった。それを聞き、私は小さくガッツポーズをした。

全国大会は八月末に愛媛県松山市で開かれる。夫の手術がうまくいけば、参加できる。しかし、何となく心苦しい。懸命に歌って得た切符を横取りするような気がしなくもないのだ。でも仲間に、「行けるのなら行こうね」と声を掛けてもらって嬉しかった。さらに、私以外に三人が加わると聞いて一人でなくてよかったと思ったのも事実だ。

その後、夫の手術も無事終わり、回復も順調で、私もメンバーの一人として松山の全国大会に行けることになった。

夫のことで不安いっぱいに過ごした二カ月が過ぎ、推薦をされたという朗報を受けて私は、仲間と共に行けるのである。

九州大会を前にして、聴く側の者として気付いた点を述べたのだった。が、今度それ等を自分への一言にして、出発の日を待とう。

ペンフレンド

平成二十七年のある朝、宮崎日日新聞の「若い目」に掲載されていた、「校長先生大好き」という題の文章に目が留まった。それは、中学校二年を修了しようとする女生徒が、定年退職する校長先生へのお礼の言葉と、労をねぎらい、卒業証書なるものを差しあげるといった内容だった。

私は、校長も喜ばれただろうと思ったが、糸瀬胡桃さんという、その筆者の優しい心根に感動した。そこで学校宛で彼女と校長に手紙を書いた。

数日後二人からそれぞれに返信があった。彼女の返事には、「私の作文を見てくれた人がいるんだと知って、すごく嬉しかったです」と書かれていた。こうしてこの糸瀬胡桃さんとの文通が始まったのである。

彼女からの便りは、はじめ官製はがきに横書きだったが、いろいろ工夫を凝らしてあった。木の葉や星マークなどを模様として入れ、色を塗り、さらに絵文字、顔文字も加わっていてとても楽しかった。四カ月ほど経つと、はがきから、私には縁のないような可愛い便箋、封筒に変わった。年賀状は写真入りで届いた。

彼女の部活は水泳部で、五歳から泳ぎを習い始めたという。そして九州中学校水泳競技会で佐賀へ出かけると知った。そこで、同じく水泳をやっている孫に糸瀬さんとの文通のことを話した。佐賀で宮崎県として同じテントに控えるのなら、私のことをきっかけに話しかけてみて、と応援に行く嫁にも頼んだ。そして孫達は会えたのだ。帰って来た二人から話を聞いて、私も会いたいと思った。

そうだ。六月に、私がコーラス部員として延岡で歌う県の合唱祭を聴きに、いや、それを機会に会いに来てくれないかなあと思い始めた。ただ、部活は日曜日もあるし、本人がだめならお母さんが友人と来てくれても嬉しいと、チケットを送った。

五月初め、「今のところ合唱祭の日は予定が入っていないので、母と一緒に行きたいと思います」という嬉しい便りが届いた。私は彼女の顔を年賀状で見ているが、彼女は私を知らない。はてさて、どうしよう。改めて写真を送るのも恥ずかしい。あ、そうか。ステージでの立ち位置を知らせればいいのだ。ただ、これは寸前で変わるかもしれないので、六月になって知らせます、と予告した。

その六月になった。私は、コーラスグループで出されたプリントの一部をコピーして送った。それが六月はじめ。ところがところが、すぐの六月五日、立ち位置の変更があった。

さあ大変、電話番号は聞いていないので、知らせるには郵便しかない。だがもう変わらないという保証もない。コーラスの運営委員会が開かれた夜、係りの人に訳を話し、「もう変わりませんよね」と念を押して、はがきを出した。その時に私の方からその日の時間と出会う場所も設定したのだ。

平成二十九年六月十一日、時刻は午後三時三十分。私は延岡市総合文化センター大ホールにいた。前日まで連絡できていないので、本当に来るかどうかすら不明。したがって会場内にいるのかも分からず不安だった。

私はドキドキしながら、ホワイエから客席に通じる二つの出入り口と腕時計を交互に見ていた。前日の夜あれこれ考えた。それは空港の出迎えなどで、団体名を書いた旗を持ったり、カードに名前を書いたものを掲げたりして出入り口に立つ人がいる、あれだ。私は厚紙に、「糸瀬胡桃さん」と書いてバッグに忍ばせて行くことにしたのだった。

あの人かな、いや違う。目線を右に移したその時、女性の親子らしき二人連れが私の姿を見てニコッと微笑んだ。あっ。お互いに歩み寄る。

「初めまして、糸瀬さんですね。中武です」

「はい、そうです。初めまして」

こうして平成二十七年からの歳の差ペンフレンド、糸瀬胡桃さんとお母さんに初めて会えたのだった。

私は会うとすぐ、「忘れないうちに写真撮らせてくださいね」と親子で一枚。そして胡桃さんと私を携帯電話で撮ってもらった。その後近くのソファーに腰かけて話し始めた。まもなくお母さんが立ち上がった。バッグからデジタルカメラを出し「撮りまーす」とシャッターを切る。

それからの私は、合唱を聴いての感想を尋ねようともせず、時折、胡桃さんやお母さんに質問をして答えてはもらったものの、専らペンフレンドになってからのことなどを、一人でしゃべっていた気がする。彼女は日に焼けた顔をほころばせて、にこにこと相槌をうったり短く答えたりしていた。こうして私にとって楽しい時が流れた。

現在高校生の彼女は、もちろんスマホを持っている。しかし、本人に尋ねたら、「自分の部屋には持って行かないこと」という約束があると話してくれた。スマホのメールやラインの方がすぐに反応を知ることもできる。なので、はがきや便箋を使って想いを伝えるということは、今までなかったのかもしれない。

そういえば五月に彼女から届いた手紙の一部に、「文通を始めて二年になるんですね。私も中武さんから頂いた手紙、はがきは全部箱に入れて取ってあります。私もスマートホンを使って、ラインやメールをしていますが、中武さんと初めて文通して、とても楽しいです」とあったのを思い出した。

私はこの言葉を信じる。今からも文通を続け、祖母のような気持ちで成長を見守りたい。

会えてよかった、胡桃さん！

お祝いの会

平成二十九年、夫は八十歳、私は七十七歳となった。いずれも満年齢である。今は「お齢は？」と聞かれると満年齢で答える。以前はいわゆる数え年であった。

日本には、しきたりというか、一生涯のうちに色々と名前の付いたお祝いの日がある。お宮参り、七五三、昔は元服と呼ばれたものが、今は立志式と呼ばれ、学校で行われたりもしている。

そして、齢を重ねてくると、六十歳の還暦、七十歳の古稀と進み、七十七歳の喜寿と数々の節目がある。私は、その都度、還暦かあ、わあ喜寿だって、と口に出したり、思ったりはしたものの、さほど齢をとったという実感はなかった。

ある日、近くに住む娘が来て言った。

「おかあさん、静子ばあちゃんは、喜寿の祝いをしてから亡くなったのかね」

「いや、七十六歳だったから、祝いはしなかった」

と答えたあと、あ、私は母の亡くなった年齢を超えたんだ、もう死んでもはやくはないのだ、とギクッとした。

私は、薬は飲んでいるが特に体に悪いところはなく元気だし、自分では年のわりには若いと思っていたのだ。夫は、降圧剤は飲むものの、いたって健康である。じっとしていることが嫌いな人で、いつも体を動かしている。そのせいか、私より元気といっていい。こんな二人を見て子どもたちは言う。「二人とも元気でいてくれるから嬉しい」と。

このたび、大学に行っている孫娘が、夏休みで帰省したのに合わせて、私達のお祝いの食事会をしてくれた。全員揃うと八人なのだが、もう一人の孫娘は、既に社会人で学生みたいな夏休みはない。それで帰省できなかった。

前菜が並び飲み物が揃ったところで、息子の発声で「乾杯!」。お祝いの言葉ももらって幸せ気分だ。参加できなかった孫娘からは、カードと花束が届いていた。カードには祝いの言葉と共に、次のようないかにも職業柄を思わせる言葉がしたためてあった。

「看護師になってまだ二年目ですが、二人とも本当に元気だと思います。お薬はちゃんと飲むこと。これからも元気でいてください」

料理が次々と運ばれてくる。そして最後にデザートが出てきた。二十五センチ四方ぐらいの白の角皿の上に楕円形の皿が乗り、その中にフルーツやケーキが入っていた。角皿にはチョコレートを絞って、バラの花が描かれ、〈喜寿おめでとうございます〉と書かれていた。夫のものは、〈傘寿おめでとうございます〉とある。素晴らしい。

私は、早速スマホのカメラを取り出した。この齢まで色々なことがあった。娘、息子共に結婚し、それぞれの生活を送っている。幸せなときばかりではなかった。

私は、娘の不登校に悩み、涙を流した日々もあった。しかし、今こうして二人揃って子供や孫に祝ってもらっているのだ。これを幸せと言わずになんと言おうか。感慨にふけっていると、お店の人が紫色のちゃんちゃんこと大頭巾を持ってきて、「一組しかなくてすみません」と置いていった。

還暦の時に赤いのを着るのは知っていたが今まで身に着けたことはない。先ず夫がそれを着た。急にそれなりの齢に見えて、みんな笑い出した。そこで娘が博多にいる孫娘に電話して、話に参加するようにしてくれた。

「じっじ、あーちゃん、おめでとうー」とスマホのスピーカーからみんなに聞こえるように祝いの言葉が流れてきた。そこでお店の人に写真撮影をお願いした。その時にスマホの画面に出ている孫娘も一緒に記念撮影だ。まるでこの場にいるかのように会話もできた。

次に私の着る番が来た。なんか恥ずかしかった。でも私の母は着ることのなかったものを私は着ているのだと思うと、申し訳なさもあったが嬉しかった。

会も終わりに近づき、お礼の言葉は私が述べることになった。感謝の言葉、これからのことをお願いする言葉などで、胸が詰まりそうになりながらも気持ちを込めた。会場を出る時にはお店の人からも祝福の言葉を掛けてもらった。

二人の祝いが重なる年はもうない。貴重なひと時を過ごせたと改めて感謝した。

「家族の皆さん、お祝いしてくれてありがとう」

宮崎はまゆうコーラス

「宮崎はまゆうコーラス」にとって、平成最後の練習日だった四月二一五日。私はその合唱団を辞めることに決めた。

その日は先ず、発声講習会を受けての感想を一人ずつ述べることから始まった。今回、東京から指導者を招き、一日目は多くの団体で指導を受ける。二日目は、私達のグループが単独で指導を仰ぐという贅沢な日程となっていた。が、私は二日とも欠席したのである。もちろん理由はあった。

私は、一年ほど前から難聴気味となり、周囲の人の会話の中味が把握しづらくなっていた。音としては聞こえるのだが、会話の内容が聞き取れないのだ。耳鼻咽喉科に行き、聴力を測定してもらった。「加齢によるもので少し衰えています。でも補聴器をつけるほどではありません」と言われて少し安心したのだった。

しかし、四十名ほどのグループの中で、後ろや横で、小声や無声音で話されると聞き取れない。誰かの発言にみんなが「ワアーッ」と笑っても、「え？　何て言ったの」ということが増えてきた。以前団員の一人が、集音器を使っていたので、私も同じものを買い求めて利用したりもした。だからといって、すんなり思うように聞こえるようにはならなかった。

そのうちに補聴器を買った。といっても高級品ではない。新聞の広告に出ていたもので、空気電池という電池交換式のものだ。それを使うようになると、いくらか周囲の会話が理解できた。

だがそれも束の間で色々な不具合が出てきた。コーラスの時、指導者の言葉が聞こえないと困るので補聴器をつけるが、歌い始めるとうるさくて外したくなる。さらに困ったことに自分の声量を測りかねて、合唱の妨げになっているのではないかと思い始めたのである。一見して分からない障害が、難聴だと言われている。

まさにその通りだ。

私がはまゆうコーラスに入団したのは、平成七年六月、五十四歳のときだった。あれから二十四年間、数え切れないくらいの楽しいことがあった。知らなかったこともたくさん教えてもらった。

おかあさんコーラスの九州大会や全国大会に、北は北海道から南は沖縄まで歌いに行くことが出来た。それだけではない。海外にも出かけた。

私にとって初めての海外旅行がオーストリアのウイーン。音楽の都、ウイーンで歌うなんてまるで夢のような話だった。パスポートを申請しに行って嬉しかったのを覚えている。初体験のため、何もかもが珍しく、仲間に付いて行きながら幸せだった。その後、韓国、中国、シンガポール、そして台湾でも歌った。

台湾は私が生まれたところだ。とはいっても、五歳の時、第二次世界大戦で敗戦となり、日本に引き揚げてきたので、台北市での生活は殆ど覚えていない。写真によったり、両親に聞かされたりして、覚えている気になっていた。

戸籍謄本には、生誕の住所は台北市古亭町とあった。コーラスで訪ねた折、その古亭町という名前が表示板に残っているのを見て、嬉しかった。私が訪れた時、両親は既にこの世の人ではなかった。しかし写真ででも一緒に行きたいと携えていた。そこで、「お父さん、お母さん古亭町だよ」と掲げたのが忘れられない。

時は流れて私も齢を重ね、七十五歳ぐらいから身体の衰えを痛感するようになった。瓶の蓋が開けづらくなり、階段でつまずきそうになったり、最近まで楽に抱えられていたものが運びづらくなったりなど、挙げるときりがないのだ。

とはいえ、一番悩ましかったのは、やはり、難聴のことだった。楽しみに出かけていたグループの中で、疎外感にさいなまれ、孤独感を味わい、その場に居るのが辛く悲しくなって、そこから帰りたくもなった。

しかし、開き直るしかないと思い、コーラスで作っている文集に「突きつけられた現実」という題名でその頃のことを書き、宮崎日日新聞が年末に募集していた「この一年を表すあなたの漢字一文字は何ですか」というものに「悩」という文字を挙げ、難聴のことを書き、掲載された。私は、公言することにより、自分を追い込み、開き直りたいという一心からだった。文末にも「開き直って悩み返上といきたいものだ」と結んでいる。

それでも事はそんなに簡単ではなかった。週二回の練習日に気分が落ち込みそうになり、何とか食い止めようとしたり、自分を奮い立たせようとしたりしてみた。でも聞こえないのに聞こえているように振る舞ったり、ごまかしたりすると、そんなことをしている自分が情けなく、嫌になり、自分が許せなくなった。

こうして練習が終わって帰る時に、「ああ、楽しかった」と思える日が無くなっていった。一週間に二日練習があり、音を楽しむ音楽の時間だったのに、日増しに音を苦しむ、音が苦となっていった。この状態を友人間で嘆いたり、アルトパートでの会の時などでも聞いてもらったりしていた。

しかし、楽しいことではないので聞かされる方も相槌が打てなかったろう。時には「私も聞こえんかったりするよ」と慰めてくれる人がいるかと思うと、「中武さん、考え過ぎじゃわ、深刻に受け止めんで、もっと気楽に考えたら」と言った人もいた。

私はいずれも素直に受け止めることが出来ず、益々落ち込むこととなっていった。さらにコーラスの日だけではなく、それ以外の日も出無精になり、今問題になっている引きこもり寸前の感じだった。

昨年、私達はおかあさんコーラス九州大会での推薦を受け、全国大会に行くことになった。私は、九州大会の時、夫の入院などがあり、参加できていなかったが、「全国大会には一緒に行こう」と誘ってもらえて行くことにした。

その時、この全国大会をしめとして、退団しようと頭に浮かんだ。ところが無事大会を済ますと、次は令和二年の「はまゆうコーラス五十周年記念演奏会」を目指そうということで、いつの間にか目指す仲間の一人となり、実行委員も引き受けたのだった。

ところが、私の気持ちは再び大きく揺れ始め、遂に平成最後の練習日、一人ずつ感想を述べるところで決めた。辞めようと。第一の理由は高い声、いや声が出にくくなっていること。第二の理由は、難聴に伴う各種の苦しみ。第三は左脚親指の巻き爪でステージ用のような先の狭い靴が痛くて履けないこと。

コーラスグループなので、声が出ないことを第一に挙げたが、この部分は以前指導者から「出ないところは他の人が補うから大丈夫。それが合唱のいいところよ」と聞かされていたのをお守りに、歌っているような顔をして、いわゆる口パクをしてきた。したがって初めはあまり罪悪感にさいなまれることはなかった。

しかし、日ごろの練習で指導者が要求するような声が出ないことは、情けなく、申し訳なかった。また出先での行動については、聴き間違いや、いい加減では皆さんに迷惑をかけるので許されないのだ。

二十四年間の最後の二年は、悩みながら迷いながら、それでも仲間に助けられ、励まされて過ごしてきた。しかし限界に達したのだ。

退会届

私は、身体的な衰えと、精神的な葛藤に耐えられず、皆様と共に行動することが難しくなりました。因って退会致します。

長い間お世話になりました。

平成三十一年四月三十日

中武　千佐子

夫へのラブレター

夫は、もうすぐ八十二歳になろうとしている。今のところ元気だ。定年の六十歳まで体育教師だった。日本体育大学出身で専門は徒手体操。それを証明するかのように、若いときは胸板が厚くて上半身が逆三角形に見えたものだ。

大学を卒業して宮崎に戻り、南那珂郡（現日南市）北郷中学校での勤務がスタートだった。その後、県立学校への試験を経て高校へ転勤し、定年まで勤め上げた。

私は、昭和三十八年宮崎大学を卒業して、赴任したのが北郷中学校である。大学は、小学校教員養成課程に入学したのだが、体育の免許も取った。そして中学校勤務になったのだ。しかし、教科指導に自信はなく、先輩教師に尋ねながら日々を過ごしていった。その先輩教師が夫である。

私が就職して二年の時が流れ、結婚することになった。が、そこには難関が待ち受けていた。私は、一人っ子であり、父は中武家の長男であった。だから結婚するとなると、いわゆる後継者として、中武姓を名乗り、ゆくゆくは、家屋敷はもちろん、少ないながらも山林、畑などを管理することになるのだ。

夫の両親からは、結婚をすんなりと許しては貰えず、勤務校の校長をはじめ、説得に関わって貰った方々もいた。それで何とかゴールイン出来たのが、昭和四十年三月だった。

夫婦となり、同じ学校には勤められないので、先に就職していた夫が都城の高校に転勤となり、私はそのままだった。そこで宮崎に部屋を借りて、二人とも午前六時台に宮崎駅から通勤することになった。それ以来、とにもかくにも二人の子育てをしながら共働きを頑張ってきた。

私の両親は、昭和六十二年の一月と六月に相次いで亡くなった。いずれも病を得てのことである。私達が結婚して二十年ほど経っていた。その間、年末は実家に帰り、両親と共に餅つきをし、年越しそばを打つようになっていった。

父は、家の周りの畑でわずかな野菜を作ったり、菊の花を育てたりしていた。とはいっても父も教師だったので、定年の数年前までは県内の各地で過ごしていて、畑仕事などの経験はない。だから色々なことは見様見真似だったと思う。

夫は、実家が農家ではあったが、さほどのことはしたことはないと話していた。勤務先で周囲の人に聞いて教わったり、本を買って来て、そこから学んだりしながら、土日農業で畑仕事などをしていた。しかし、私の両親が亡くなり、夫が定年退職してからは実家に関わる仕事が本格的になっていった。

現在夫は、軽トラックで片道四十五分ほどをかけ、一年のうちの二〇〇日近くを通っている。畑仕事だけではないのだ。そのほかに季節に合わせて、梅の実の収穫、筍採り、ビワ、ミョウガ、ミカン、金柑、栗、柿の収穫がある。さらに椎茸を作っているので、原木の伐採、玉切り、種ごまを打つこと（植菌作業）などもある。収穫は毎年のことである。したがって一年中なにやかやと忙しい。

私から見ても、夫の以前の畑仕事は、見様見真似に見えた。ところが今の夫は違う。私に言わせると、まるで農業の専門家みたいである。季節に合わせて野菜の種を蒔き、ポットに植え替え、畑に定植する。そして作物によって、支柱を立てたり、わらを敷いたり、土寄せをして追肥をしたり、を繰り返している。そのほか、草取り、猿害を防ぐためにネットを張り巡らせたり、ビニールをかぶせたりもしているのだ。

さらに実家から車で十分ほど山手の所に四反の畑地だったところがある。だったというのは、以前はここを近所の農家の人に貸して、牛の飼料となるものが作られていたからだ。しかし、周囲も高齢化してきて、もう作れないと返されたのである。さてどうしたものか。

最初はソーラーパネルの設置、ブルーベリー、桜などを植えたらという話も出た。だが結局そのままの状態である。しかし、放っておくと、草が背丈ほどになり、酷いことになるのでそうなる前に草刈りをしている。これはここ数年、夫と息子との共同作業である。

夫は結婚以来、数回の入院生活を送ってきている。アキレス腱切断二回、これは軽い方で、心筋梗塞、腹部大動脈瘤。これらは血管内に金属製のステントと呼ばれるものが入っている。そして毎年検査が行われる。この他、入院はしなかったものの白内障の手術もした。しかしいずれも術後経過はよく、普通の生活に戻れている。では夫の今の普通の生活はどんなものか。

夫は朝五時半には起き出す。私は六時ごろ階下に行く。台所を見ると流しの横の台の上にまな板があり、その上に味噌汁の具が切り揃えて置いてある。えのき、豆腐、椎茸、里芋、オクラ、押し大豆、ニラなどだ。「おはよう」と声を掛け合ったところから夫の味噌汁づくりが始まる。

六時半朝食だ。その時に今日の計画が話題になる。「今日はラッキョウの草取りをして、畑の周りの草を刈って……」。私も、自分の過ごし方の大体を話す。

そして七時、近所の小学生を見送り、七時半から朝の連続テレビ小説を見る。終わると「じゃあ行ってくるわ」となるのである。私は毎回玄関に立ち、気を付けてねと声を掛け、想いを込めて手を振って見送る。

実家に着いた夫は、その日の計画に応じて倉庫の中から農機具や材料を出して仕事を始める。夫は私と違って几帳面な性格で、いい加減なことが嫌いだ。苗を定植するときにもきちんと巻き尺を使ったり、前もって測って作っておいた竹の物差しを地面に置いたりして、間隔を決めている。

時には、脚立に登ってハウスの屋根にビニールを貼ったりもする。草取りの時は、しゃがんだり立ったりを繰り返すことになる。

仕事は午前中で終え、宮崎へ帰ってくる。「遅昼になるから食べちょっていいぞ」と言うこともある。が、家で過ごしている私は、それはしない。帰って来るのを待って昼食となる。たまには「はいビール」と差し出すと、夫の顔がほころぶ。

午前中精いっぱいの仕事をしたので、午後は休憩かと思いきやそれが出来ない夫だ。暫く休んだ後は、庭木の手入れ、芝刈り、落ち葉拾いなどにかかる。そんな夫の姿を横目に、椅子に掛けての読書は気が引ける。なにも言われることはないのだが、なんか申し訳ないのだ。

夕方からは、ダレヤミ、いわゆる晩酌が始まる。冬は焼酎のお湯割り、夏は氷を入れてである。量的には二合ぐらいだろうか。そしていい気分になったところで今日の一日は終わりとなる。これが今の普通の生活だ。

いやもう一つあった。床に就く前に「今日は腰が痛い。これを貼ってくれ」と差し出されるのが、湿布薬だ。私は、夫の指摘する場所に貼り、「はい終わり」という。その私の一言で夫は二階に上がって休むのだ。

改めて書き綴ってみると、夫が時期に合わせて多くの仕事をこなしているのが分かる。宮崎の家では、畑仕事はないものの、庭木の剪定、庭の芝刈り等もある。もちろん実家の庭の木の剪定などもこなす。

本当によく働いている、と感心する。と同時にすごく有難く、感謝、感謝である。私はたまに、収穫の時とか、夜、夫が話した仕事の内容を聞いて、実際に見たくなり、「私も行く」と軽トラの助手席に乗るぐらいだ。

行って畑や庭を眺めながら、これを一人でやったのね、凄い、と正直感動である。なにも今に始まったことではないのだが。以前の私は、コーラスや映画、図書館、ショッピングに出かけ、別々な一日を過ごすのが常だった。齢をかさねて、改めて大変だなあと思うようになってから、同伴が増えた。

畑で取れた初物は仏前に供え、報告をする。父も母もきっと感謝して、「いい人でよかったね」と喜んでいるはずだ。

「私と結婚したばっかりにごめんね」と私は、心の中で時には謝ったりする。でもやっぱり一番言いたいのは、「結婚してくれてありがとう」である。

今の私は「あなたといる時が一番幸せ」。

あとがき

前著、エッセイ集『気分はフォルティッシモ』を出版して三年の月日が流れました。その間もエッセイ教室に通い、作品作りをしていたのです。とはいうものの、今までと同じで日常の出来事を綴ったものであり、代わり映えはしません。ただ、原稿用紙の束を見ながら、このまま廃棄はしたくないと、再び出版にこぎつけました。

前回の題材は大まかに言うと、平成二十六年までということなので、今回はそれ以降の作品を載せることにしました。

しかし、掲載は必ずしも年代を追っていないので、時を表す言葉が前後していて首を傾げられる部分もあろうかと思われます。特に、西都の私の実家に関わる話となると、同じ説明が数編に及びます。

エッセイ教室に通っていた頃は、教室生にとっては「耳にタコ」状態なので省略しようとしたこともあったのですが、指導者より、「初めての読者が読むと想定して書くように」と言われ、繰り返しが多い結果となっているところもあります。

コーラスに関わる日常的失敗談も少なからずあって、今回の題材にしていますが、これらも逆に貴重な体験となり、友人も増えました。

二十四年間続けてきたそのコーラス活動をやめたことは、今年、私にとって大きなできごとでした。しかし、コーラスとの出合いによって得たものを、エッセイとしてここに書き残せることは幸せでもあります。

今回は、作品数が多かったので四つの章に分けました。そして章の題はそこにある本文の中から選んで付けてあります。どこにあるか探しながら読んでくださると嬉しいです。

また書名については、毎回悩むところなのですが、まもなく結婚生活五十五年になる私から夫への感謝の気持ちを込めて「夫へのラブレター」にしました。多少の恥ずかしさもありますが、夫には内緒で意を決したのです。

最後になりましたが、今回の出版に際しましても、エッセイ教室の杉谷昭人先生に沢山の指導助言を頂きました。さらに編集者の小崎美和さんをはじめ、鉱脈社の多くの方々に一方ならぬお世話になりました。心からお礼申し上げます。

ありがとうございました。

令和元年八月吉日

著者

［著者略歴］

中武 千佐子（なかたけ ちさこ）

昭和15（1940）年　9月生まれる。
昭和38（1963）年　宮崎大学卒業後、公立小・中学校教諭となる。
平成7（1995）年　退職後、「宮崎はまゆうコーラス」に入団。
　　平成31（2019）年4月、退団。

著　書：自分史『だんだん服』（2006　鉱脈社）
新聞投稿文集『心の窓』（2012　旭タイプ工芸社）
エッセイ集『風のとおり道』（2014　鉱脈社）
エッセイ集『ゆきつ もどりつ』（2015　鉱脈社）
エッセイ集『気分はフォルティッシモ』（2016　鉱脈社）

現住所　〒880-0952
宮崎県宮崎市大塚台東1-26-1
TEL. 0985-47-2758

中武千佐子エッセイ集
夫へのラブレター

二〇一九年九月二日　初版印刷
二〇一九年九月八日　初版発行

著者　中武千佐子©
発行者　川口敦己
発行所　鉱脈社
〒八八〇－八五五一
宮崎市田代町二六三番地
電話　〇九八五－二五－一七五八
郵便振替　〇二〇七〇－七－二二六七

印刷
製本　有限会社鉱脈社

印刷・製本には万全の注意をしておりますが、万一落丁・乱丁本がありましたら、お買い上げの書店もしくは出版社にてお取り替えいたします。（送料は小社負担）